Bereits erschienen:

# MAGIC GIRLS

## Der verhängnisvolle Fluch

978-3-7607-2823-0

## Das magische Amulett

978-3-7607-2824-7

## Das Rätsel des Dornenbaums

978-3-7607-4055-3

## Gefangen in der Unterwelt

978-3-7607-4179-6

## Die große Prüfung

978-3-7607-5055-2

## Späte Rache

978-3-7607-5230-3

## In geheimer Mission

978-3-7607-6378-1

## Die Macht der Acht

978-3-7607-6680-5

## Der dunkle Verräter

978-3-7607-8355-0

Marliese Arold

# MAGIC GIRLS

## Der verhängnisvolle Fluch

arsEdition

**Bibliografische Information der Deutschen Nationalbibliothek**
Die Deutsche Nationalbibliothek verzeichnet diese Publikation in der Deutschen Nationalbibliografie; detaillierte bibliografische Daten sind im Internet über http://dnb.d-nb.de abrufbar.

11 10 9 13 12 11 10


Text: Marliese Arold
Umschlaggestaltung, Layout und Illustration: elektrolyten, Petra Schmidt, München
ISBN 978-3-7607-2823-0

www.arsedition.de

# Inhalt

# Urteil

Sir Leon Antonio Bredov
wird wegen unzähliger Verstöße
gegen das
Grosse Zaubereigesetzbuch
(unter anderem wegen seiner
Mitgliedschaft bei den
Schwarzen Zauberkutten)
mit dem Fluch belegt,
seine natürliche Gestalt abzugeben
und fortan auf unbefristete Zeit
sein Leben als
Grüner Leguan (*Iguana iguana*)
zu verbringen.

Seine Familie wird enteignet und der Adelstitel allen Mitgliedern aberkannt. Sowohl die Immobilien als auch das Vermögen gehen in den Besitz des Grünen Zaubereiverbandes über. Bredovs Familie erhält von diesem Verband eine ausreichende Summe, um damit ihren Lebensunterhalt ohne Luxus zu bestreiten. Keinem Mitglied von Bredovs Familie ist es erlaubt, Zaubereiwissenschaften zu studieren, ein Vermögen zu erben oder ein öffentliches Amt auszuüben, bis die Ehre der Bredovs wiederhergestellt und damit der Fluch aufgehoben ist.

Gezeichnet am 29. März, Anno Nostradami 505

*Sir Maximilian Geratewohl*

Oberster Richter der Grünen und Grauen Zauberer

# Schwarzmagie ist aller Laster Anfang

»Elena, hast du Papa endlich gefüttert?«, ertönte eine Stimme von oben.

»Noch nicht, aber ich mach's gleich«, antwortete Elena Bredov mit einem Anflug von schlechtem Gewissen.

Ihre Mutter erschien im Treppenhaus. Jolanda Bredov sah bleich und abgekämpft aus, wie so oft in der letzten Zeit. Wahrscheinlich hatte sie wieder Migräne.

»Soll Papa verhungern?«, fragte Elenas Mutter vorwurfsvoll. »Du hast mir versprochen, dass du dich diese Woche um sein Futter kümmerst!«

»Ich gehe sofort in den Garten«, sagte Elena und seufzte.

Es regnete draußen noch immer ganz scheußlich. Sie hasste es, wenn ihr der Regen in den Kragen tropfte, während sie Löwenzahnblätter abschnitt. Aber das war nicht das Einzige, was Elena hasste. Sie hasste auch diesen Hügel, auf dem ihre Familie wohnen musste, seit ihr Vater rechtskräftig verurteilt worden war. Miranda, Elenas beste – und inzwischen einzige – Freundin, nannte den Hügel *Outsider-Hill*, denn hier lebten lauter Leute, denen, genau wie Elenas Familie, Ehre und Ansehen durch die Zauberrichter entzogen worden waren. In dieser Wohngegend gab es nur Wetter der

Kategorie Drei, das bedeutete achtzehn Stunden Nieselregen pro Tag, und in den sechs regenfreien Stunden zeigte sich höchst selten die Sonne.

Elena öffnete die Terrassentür, die wieder einmal klemmte, weil sich durch die Nässe das Holz verzogen hatte. Die Pflanzen im Garten wucherten üppig, was Elena auf die Anwesenheit ihrer Großmutter zurückführte. Großmutter Mona hatte einen grünen Daumen, sie konnte mit den Pflanzen reden, und die Löwenzahnblätter, die Elena für Papa pflückte, erreichten nicht selten die Länge ihres Unterarms. Nicht, dass Oma das beabsichtigt hätte. Wäre es nach ihr gegangen, wären die Löwenzahnblätter klein und gallenbitter, um Papa möglichst den Appetit zu verderben.

Zwischen Papa und Oma Mona herrschte nämlich Feindschaft, solange Elena denken konnte. Monas Herzenswunsch war es gewesen, dass ihre Tochter Theobaldus Magnus geheiratet hätte, einen Zauberer aus angesehener Familie, deren Stammbaum mindestens fünf Jahrhunderte zurückreichte und die eine Reihe von berühmten Zauberern hervorgebracht hatte. Der Hochzeitstermin zwischen Theobaldus und Jolanda hatte schon festgestanden, aber dann war dieser zwielichtige Leon dahergekommen und hatte Jolandas Herz im Sturm erobert. Die Hochzeit zwischen Theobaldus und Jolanda war kurzfristig geplatzt und Mona hatte alle Gäste wieder ausladen müssen. Jolanda hatte gedroht, mit Leon durchzubrennen, falls Mona ihr nicht erlaubte, die Liebe ihres Lebens zu heiraten. Als Mona herausfand, dass ihre Tochter bereits von Leon schwanger war, hatte sie zähneknirschend der Hochzeit zugestimmt, aber sie hatte Leon nie verziehen, dass Jolanda seinetwegen ihrem Verlobten Theobaldus den Laufpass gegeben hatte.

Das Gras glänzte vor Nässe und das Rauschen des Regens klang beruhigend. Elena huschte in den Garten und suchte Schutz vor der Nässe unter dem Apfelbaum, aber der Schutz war nur eine Illusion, denn natürlich tropfte es auch hier. Als Elena genügend Löwenzahnblätter gesammelt hatte, war ihr Kleid feucht und die Haare klebten ihr in der Stirn.

»Mistwetter!«

Auf dem knorrigen Birnbaum gegenüber hatte sich ein Rabe niedergelassen, der Elena aus schwarzen Augen ansah. *Ein Spion?* Und wenn! Elena streckte ihm die Zunge heraus.

»Ich find's echt unmöglich, was ihr mit Papa gemacht habt! Das ist meine Meinung dazu!«

Der Rabe sah nicht sonderlich beeindruckt aus. Er fing an, sein Gefieder zu putzen, und als Elena zum Haus ging, krächzte er ihr hinterher.

Elena betrat das Wohnzimmer, in dem das Terrarium stand. Der Leguan starrte apathisch durch die Glasscheibe. Elena hob den Deckel hoch und ließ die Löwenzahnblätter in die Futterschale fallen, in der sich noch ein paar Apfelstückchen und eine halbe Paprikaschote befanden.

»Es tut mir so leid, Papa.« Elena streichelte die raue Haut des Leguans. »Ich weiß, dass du unschuldig bist! Es ist so ungerecht, was passiert ist. Jetzt müssen wir hier wohnen, auf diesem verregneten Hügel, alle deuten mit den Fingern auf uns und ich hab fast alle meine Freunde verloren. Mama hat dauernd Kopfschmerzen, weil sie von den Zeitungen keine Aufträge mehr bekommt, Daphne nervt wie immer … Aber ach! Am schlimmsten hat es dich getroffen, Papa!«

Der Leguan regte sich nicht. Ob Papa überhaupt verstehen konnte, was sie zu ihm sagte? Konnte er *als Leguan* noch denken und fühlen wie vor der Verwandlung oder war er ganz und gar Tier geworden? Elena schluckte.

Sie strich mit dem Zeigefinger über seinen Rücken, ganz sanft. »Iss, Papa«, murmelte sie. »Das sind saftige Löwenzahnblätter. Ich habe sie extra für dich gepflückt, obwohl es draußen noch immer regnet.«

Wieder zeigte der Leguan keinerlei Reaktion. Elena seufzte. Ihre Brust schnürte sich zusammen. Vor ein paar Monaten hatte sie alles mit ihrem Vater besprechen können, er hatte ihr bei den Hausaufgaben geholfen und ihr versprochen, sie bald in die Geheimnisse der höheren Zauberei einzuweihen. Und jetzt? Jetzt lag er stundenlang reglos in diesem Glaskasten und starrte stumm vor sich hin. Nur manchmal, wenn er gut drauf war und draußen die Sonne schien, schob er sich dichter an die Glasscheibe und nickte heftig mit dem Kopf. Elena nickte dann zurück, und so kam eine Art Unterhaltung zustande – auch wenn Elena nie verstand, worüber sie eigentlich redeten.

Es war so traurig!

Elena schloss den Deckel des Terrariums und ging ins Bad, um sich die Hände zu waschen.

Die Wasserspülung der Toilette war kaputt und der Kunststoffkasten an der Wand rauschte genauso wie der Regen draußen. Das Bad besaß kein Fenster, die Fliesen hatten die Farbe eines Kanaldeckels – schwarzgrau.

Elena betrachtete sich im Spiegel: rote Locken, blassgrüne,

wache Augen, eine kleine Nase und unzählige Sommersprossen, die immer noch deutlich zu sehen waren, obwohl es hier doch kaum Sonne gab. Sah so die Tochter eines Verbrechers aus? Eines Hexers, der sich auf die falsche Seite der Magie geschlagen hatte?

»Nein, so was macht Papa nicht«, murmelte Elena und schüttelte den Kopf. Alles musste ein riesiger Irrtum sein!

Gerade, als sie wieder ins Wohnzimmer zurückging, klatschte etwas gegen die große Fensterscheibe. Elena zuckte erschrocken zusammen. Dann öffnete sie vorsichtig die Terrassentür.

Eine weiße Taube hockte etwas benommen auf dem Fußabstreifer und ließ die Flügel hängen. Elena sah noch, wie in der Luft ein großer grauer Raubvogel davonschoss. In den roten Augen der Taube stand deutlich die Angst.

»Du Arme«, sagte Elena und bückte sich, um die Taube in die Hand zu nehmen und nachzusehen, ob sie verletzt war.

Doch da schüttelte sich die Taube, ihre Umrisse verschwammen, die Federn zerflossen zu einem wirbelnden Ball. Gleich darauf erschien vor Elena ein etwa gleichaltriges Mädchen.

»Miranda!«

»Wegen des Habichts hätte ich mir fast das Genick gebrochen!«, stieß Miranda Leuwen aus und rieb sich den Nacken. »Er hat mich auf dem letzten Stück verfolgt. Es hätte nicht viel gefehlt und er hätte mich erwischt. – Verdammte *Outsider!* Wenn hier auch Kannibalen leben, dann besuche ich dich nie mehr!«

»Vielleicht war es ja ein echter Habicht«, meinte Elena und schaute zum wolkenverhangenen Himmel, aber der Vogel war nicht mehr zu sehen. Dann wandte sie sich wieder ihrer Freundin zu. »Warum bist du denn als Taube hergeflogen?«

»Ich wollte üben«, antwortete Miranda. »Wir hatten nämlich gestern zum ersten Mal *Metamorphose.*«

Elena seufzte. *Metamorphose.* Die Verwandlung in ein Tier. Das war höhere Zauberei, von der sie ausgeschlossen war.

»Jetzt sei doch nicht gleich neidisch«, sagte Miranda. »Es ist total schwer. Und du siehst ja, was fast passiert wäre.« Sie bewegte ihre Arme und verzog das Gesicht. »Wahrscheinlich habe ich morgen einen schrecklichen Muskelkater vom Fliegen.«

»Ich bin aber neidisch«, meinte Elena. »Du kannst dir nicht vorstellen, wie schlimm es für mich ist, dass ich bei *Metamorphose* nicht mitmachen darf. Und bei vielen anderen Fächern auch nicht. Und ich verabscheue dieses Haus, diese miese Wohngegend und überhaupt alles, was sich verändert hat, seit Papa ...« Sie beendete den Satz nicht.

Miranda legte tröstend den Arm um Elena. »Ich kann dich wirklich gut verstehen. Und ich würde dir so gerne helfen, glaub mir.«

Die beiden Mädchen betraten das Wohnzimmer und Elena schloss die Terrassentür. Miranda trat gleich auf das Terrarium zu und pochte mit ihrem Fingerknöchel an die Scheibe. »Hallo, Herr Bredov, ich bin's, Miranda. Wie geht's Ihnen?«

Aber der Leguan hatte nur Interesse für seine Löwenzahnblätter.

»Ach, lass doch«, sagte Elena müde. »Es hat keinen Sinn, Papa versteht sowieso kein Wort.«

»Das kann man nicht wissen«, widersprach Miranda. »Als Taube kann ich zwar fliegen, aber ich bin trotzdem noch

Miranda und ich fühle wie Miranda. Warum soll es bei deinem Vater nicht ähnlich sein?«

»Weil er sonst reagieren würde«, sagte Elena. »Er hätte schon längst eine Möglichkeit gefunden, wie er sich verständlich machen kann. Wir hätten eine Art Geheimsprache entwickeln können, beispielsweise *den linken Vorderfuß heben* bedeutet A, *zweimal tippen* B, oder so. Papa war immer sehr erfinderisch.«

Miranda strich mit ihren Fingern an der Glasscheibe entlang. »Es war natürlich ein sehr starker Zauber, den die Richter über deinen Vater verhängt haben«, überlegte sie laut. »Und natürlich wollten die Richter verhindern, dass ihr euch irgendwie austauschen könnt und dein Vater dir vielleicht seine Geheimnisse anvertraut. Hm … Deswegen könnte er tatsächlich ein Leguan sein, durch und durch.«

Elena hatte einen Kloß im Hals. Genau zu demselben Schluss war sie auch schon gekommen, aber es fiel ihr trotzdem schwer, daran zu glauben. Etwas von ihrem Vater musste doch noch in diesem Leguan stecken, und irgendwie müsste es möglich sein, zu diesem Kern vorzudringen …

»Quäl dich nicht so, Elena«, sagte Miranda leise und streichelte Elenas Arm. »Du musst eben abwarten. Eines Tages wird sich dein Vater zurückverwandeln …«

»Das kann Jahrzehnte dauern!«

»Trotzdem. Es bringt nichts, wenn du verzweifelst. Und du musst dir immer wieder sagen, dass du keine Schuld hast. Du kannst nun mal nichts an seinem Zustand ändern.«

»Niemand ist schuld«, murmelte Elena. »Papa auch nicht. Das ist alles ein großer Irrtum. Jemand hat Lügen über ihn verbreitet, die Richter haben ihm geglaubt und meinen Vater und uns bestraft! Das ist so ungerecht!«

Miranda ließ sich in einen Sessel fallen und ließ die Beine über die Lehne baumeln. »Glaubst du denn, dass dein Vater wirklich unschuldig ist?«, fragte sie dann in vertraulichem Tonfall.

»Natürlich glaube ich das!«, empörte sich Elena. »Mein Vater hat bestimmt nie etwas mit den *Schwarzen Zauberkutten* zu tun gehabt, dafür würde ich meine Hand ins Feuer legen!«

Die *Schwarzen Zauberkutten* waren eine Geheimgesellschaft, die schon seit mehr als einem Jahrhundert verboten war. Es hieß, ihre Mitglieder beschäftigten sich mit schwarzer Magie und würden sogar Ausflüge in die Menschenwelt unternehmen, um dort kleine Kinder zu stehlen, die sie für ihre verbotenen Zauberrituale benötigten.

Es war unvorstellbar für Elena, dass ihr Vater so etwas tun würde.

»Und das geheimnisvolle *Amulett*?« Mirandas Stimme war noch leiser geworden.

Das Amulett! Es gab Elena einen Stich, als sie sich daran erinnerte, wie sie das geheimnisvolle Schmuckstück gefunden hatten.

Papa war gerade drei Tage lang ein Leguan gewesen und Elena und Miranda hatten zusammen das Terrarium gesäubert. Miranda hatte eine große Mülltüte aufgehalten und Elena hatte den sandigen Inhalt der Bodenschale hineinkippen wollen. Da war den beiden Mädchen ein blitzender Gegenstand aufgefallen. Elena fischte ihn mit spitzen Fingern aus den Abfällen heraus und säuberte ihn unter fließendem Wasser. Es war eine silberne Kette mit einem geheimnisvollen Anhänger. Elena hatte das Amulett noch nie zuvor gesehen. Es gab nur eine Möglichkeit, woher es stammen konnte: Elenas Vater hatte es verschluckt, um es vor den Richtern zu verstecken, dann war er verhext worden, und nun war das Amulett auf natürliche Weise wieder zum Vorschein gekommen.

Elena und Miranda hatten geschworen, niemandem etwas von ihrem Fund zu erzählen. Elena versteckte das Amulett in ihrem Zimmer unter ihrem Bett, und zwar hinter der Fußbodenleiste. Dahinter befand sich nämlich ein Hohlraum. Dort war das Amulett erst einmal sicher …

»Es muss einen Grund haben, dass die Richter das Amulett nicht sehen sollten«, sagte Miranda. »Bestimmt hat es starke Zauberkräfte …«

Elena nickte und zog die Schultern hoch. Sie fröstelte plötzlich. Oft genug hatten sie und Miranda von zauberkräftigen Gegenständen gehört, die zu verbotener Magie fähig waren. Ob das Amulett vielleicht dazugehörte? Wieder stiegen Zweifel in Elena hoch.

Nein, Papa, dachte sie inbrünstig und ballte die Fäuste. Du bist unschuldig, das weiß ich genau! Und selbst wenn du dir so ein Amulett besorgt hast, dann hat es bestimmt einen wichtigen Grund …

Miranda stützte den Kopf in die Hände. »Wir müssten uns das Amulett noch einmal genau ansehen. Wenn ich das Muster abzeichne, könnte ich im Schularchiv nachsehen, ob ich etwas darüber finde.«

Elena setzte gerade zu einer Antwort an, als plötzlich ein Knall ertönte. Mitten im Wohnzimmer erschien eine violette Lichtsäule und es erschien eine elegante Frauengestalt – Elenas Großmutter Mona. Sie trug ein violettes Kostüm mit einem weiten Faltenrock, hochhackige lila Pumps und natürlich wieder einen ihrer unvermeidlichen Strohhüte.

Diesmal war er mit lauter Pflaumen dekoriert, dazwischen steckten drei schillernde Pfauenfedern.

»Hallöchen!« Mona lächelte. Ihr Lippenstift hatte genau denselben Farbton wie ihr Kostüm. »Ich hoffe, ich habe euch beide nicht erschreckt!«

»Doch, ein bisschen«, gab Elena zu. Hoffentlich hatte ihre Großmutter nicht mitbekommen, worüber sie und Miranda gerade geredet hatten!

»Das tut mir leid«, sagte Mona und lockerte ihre lila Stola. Die goldenen Kreolen an ihren Ohren blinkten. »Aber ich hatte keine Geduld, an der Haustür zu klingeln. – Wo steckt deine Mutter, Elena? Ich habe nämlich Neuigkeiten.«

»Ich glaube, Mama hat sich etwas hingelegt«, sagte Elena. »Sie hatte wieder Kopfschmerzen.«

»Kopfschmerzen, papperlapapp!« Mona fuchtelte mit ihren Händen herum, und Elena sah, dass auch ihre Fingernägel im passenden Violettton lackiert waren. »Sie lässt sich einfach hängen, seit dieses … äh … unerfreuliche Ereignis eingetreten ist. Aber das wird sich jetzt ändern.« Sie ging bis zur Treppe und flötete: »Jolanda! Ich bin's, Mona. Es gibt Neuigkeiten, du wirst staunen!«

Sie wartete keine Antwort ab, sondern schnippte mit den Fingern, und schon lag Elenas Mutter mit ihrer getigerten Schlafdecke auf dem Wohnzimmersofa, zwei grüne Kompressen auf den Augen.

Jolanda stöhnte. »Mutter, kannst du mich nicht *einmal* in Ruhe lassen, wenn ich im Bett liege?« Sie richtete sich mühsam auf und nahm die Kompressen ab. Elena fand, dass ihre Mutter krank aussah. Sie war bleich und das dunkelbraune Haar wirkte fettig und kraftlos.

»Aber Kindchen!« Mona hockte sich ans Kopfende.

Elena fiel wieder einmal auf, wie grundverschieden ihre Mutter und ihre Großmutter waren. Mona sprühte vor Temperament, sie war hochgewachsen und schlank und legte großen Wert auf ihr Äußeres. Wo immer sie auftauchte, war sie eine auffallende Erscheinung. Jolanda dagegen war mittelgroß und mollig, sie trug einen schlichten Pagenschnitt und schminkte sich nur zu besonderen Anlässen. In der letzten Zeit lief sie zu Hause fast ständig im Jogginganzug herum. Dabei joggte sie nie, denn jede Art von Sport war in ihren Augen der pure Horror. Mona dagegen absolvierte regelmäßig ihre Workouts, immer vormittags von zehn bis elf Uhr.

»Jolanda, du sollst als Erste die frohe Nachricht erfahren! Wir haben die Chance, unseren guten Ruf wiederherzustellen, den wir durch diesen … äh …«, Großmutters verächtlicher Blick wanderte zu dem Terrarium, »… *Taugenichts* leider verloren haben.«

»Leon«, sagte Jolanda. »Nenn ihn nicht immer *Taugenichts*, Mutter. Er heißt Leon.«

»Er heißt *Nichtsnutz*. Er heißt *Versager*. Er heißt *Null*«, entgegnete Mona und ließ sich dabei jedes Schimpfwort auf der Zunge zergehen. »Er hat dich doch nur geheiratet, um auf unsere Kosten zu leben, wann begreifst du das denn endlich?«

»Ach, Mutter!«, stöhnte Jolanda. »Das stimmt gar nicht. Hör auf damit.«

»Jedenfalls war ich vorhin im Landeszauberamt«, fuhr Mona fort. »Und es ist mir gelungen, mit dem Oberamtszaubermeister zu sprechen. Es wird dringend eine Familie gesucht, die ins HEXIL geht, um die Informationen über *Homo sapiens sapiens* zu aktualisieren. Du kennst doch bestimmt dieses Buch *Vom Umgang mit Menschen* von Adrian Freitag Zwigge. Das ist ein Standardwerk über die Menschen, aber einige Teile davon sind inzwischen etwas veraltet und müssten auf den neuesten Stand gebracht werden. Wer könnte das besser als wir? Wir sind eine Familie, wir werden uns unauffällig verhalten, du bist noch dazu Journalistin und weißt, wie man die Leute aushorcht …«

Jolanda sah ihre Mutter ungläubig an. »Ins HEXIL? Das ist nicht dein Ernst, Mutter!«

Jetzt schaltete sich Elena ein. »HEXIL – was ist das?«

Mona wandte den Kopf und lächelte ihrer Enkelin zu. »HEXIL nennt man einen längeren Aufenthalt in der Menschenwelt.«

Elena schnappte nach Luft. Ein Aufenthalt in der Menschenwelt. Das war fast so unvorstellbar wie eine Reise zum Mars. Elena wusste, dass neben ihrer eigenen Welt eine Parallelwelt existierte, in der die Menschen lebten. Nur eine dünne, aber sehr starke Grenze trennte die beiden Welten voneinander.

»Du brauchst nicht so erschrocken zu gucken«, sagte Mona zu Elena. »In der Menschenwelt ist manches so ähnlich wie bei uns. Etwas primitiver natürlich. Aber es ist interessant, wie die Menschen versuchen, mit ihrer Technik unsere Magie nachzuahmen. Das sind nette, aber natürlich nur unvollkommene Versuche. Dieser Aufenthalt in der Menschenwelt wird für dich sehr lehrreich sein, Elena, du wirst diese Erfahrung nicht bereuen.«

Elena setzte zu einem Widerspruch an, aber ihre Großmutter ließ sie nicht ausreden. »Einige unserer Wissenschaftler sind überzeugt, dass Menschen und Hexen früher gemeinsame Vorfahren hatten, aber natürlich befindet sich der *Homo sapiens magus* auf einer viel höheren Entwicklungsstufe als ein gewöhnlicher Mensch. Trotzdem verfügen die Menschen über eine gewisse Intelligenz, obwohl ihr magisches Talent völlig verkümmert ist.«

»Ich habe aber keine Lust, ins HEXIL zu gehen«, platzte Elena heraus. »Was sollen wir in der Menschenwelt? Hier auf dem Hügel ist es schon schlimm genug …«

»Ja, das sehe ich genauso«, meinte Jolanda und rieb sich beide Schläfen. »Die im Landeszauberamt sollen sich eine andere Familie suchen. Wir gehen nicht ins HEXIL.«

»Aber Jolanda, du begreifst wieder einmal überhaupt nichts!« Mona stand auf, stöckelte im Zimmer umher und fächelte sich mit ihrer Stola Luft zu.

»Denkst du nie an die Zukunft deiner Kinder? Was soll aus Daphne, Elena und Rufus werden, wenn ihnen die Universität verschlossen bleibt und sie auch keine Beamte werden dürfen? Sollen sie etwa als *Schabernackzauberer* umherziehen und sich öffentlich zum Affen machen? Sollen sie ihr Leben lang arm bleiben und ewig für die Untat deines nichtsnutzigen Ehemanns büßen müssen? Ich hätte dich für klüger gehalten, Jolanda! Dieses HEXIL wird unsere Ehre wiederherstellen, und wenn wir in vielleicht fünf Jahren zurückkehren, werden wir gesellschaftlich aufrücken. Man wird uns wieder auf der Straße grüßen. Und, was am wichtigsten ist, deine Kinder werden ein ganz normales Hexenleben führen können. – Ich hätte wenigstens etwas mehr Begeisterung von dir erwartet, Jolanda, wenn du dich schon nicht bedankst. Es ist nicht selbstverständlich, dass ich euch – beziehungsweise uns – diese Möglichkeit verschafft habe, ich musste ganz gehörig mit dem Oberamtszaubermeister flirten.« Sie schob ihren Oberkörper nach vorne, legte den Kopf schief und klimperte heftig mit den auberginefarbenen Wimpern.

Elena fand, dass ihre Großmutter ziemlich selbstzufrieden aussah. Sie betonte immer, dass sie eine große Wirkung auf Männer hatte – trotz ihres reifen Alters.

Jolanda seufzte. »*Danke*, Mutter«, sagte sie höflich. Ihre Stimme klang gequält. »Ich weiß, dass du viel für uns tust.«

Mona lächelte.

»Aber fünf Jahre«, rief Elena empört. »Ich werde achtzehn sein, wenn wir zurückkehren. Und in der Menschenwelt kennen wir niemanden!«

»Kennen wir etwa jemanden hier auf diesem Hügel?«, fauchte die Großmutter sie an. »Sei nicht dumm, Elena. Wir wohnen jetzt schon über drei Monate hier und wir haben noch keine einzige Einladung von unseren Nachbarn erhalten. Worüber ich wirklich froh bin! Denn wer will schon etwas mit *denen* zu tun haben!«

Elena musste ihr recht geben. Hier auf dem Hügel wohnten tatsächlich merkwürdige Leute. Der Nachbar zur Linken saß Tag und Nacht als Uhu im Fenster und beobachtete mit scharfem Blick alles, was in seiner Umgebung vor sich ging. Elena hatte keine Ahnung, ob außer ihm noch jemand im Haus wohnte oder ob er allein lebte. Die Nachbarn zur Rechten waren Eheleute im mittleren Alter, und sie verbrachten den größten Teil des Tages damit, als Schlangen verknotet im Fliederbaum hinter der Gartenpforte zu lauern. Als Elena einmal zu Fuß von der Schule nach Hause gegangen war – denn ihr gebrauchter Hexenbesen hatte an diesem Tag den Geist aufgegeben –, hatte die männliche Schlange den Kopf über die Gartenmauer gestreckt und gesäuselt:

»Magst du mal zu uns reinkommen, Kleine?«

Seither nahm Elena immer die andere Straßenseite, wenn sie an dem Haus vorbeigehen musste. Sie wusste nicht, warum die Nachbarn auf diesem Hügel leben mussten und welches Verbrechen sie begangen hatten. Sicher war nur eines: Hier lebten keine normalen Hexen, sondern lauter Leute, die gegen Regeln und Gesetze verstoßen hatten.

Nein, der *Outsider-Hill* war wirklich kein Ort, dem Elena nachtrauern würde!

Trotzdem – fünf Jahre im HEXIL zu leben! Mit diesem Gedanken wollte sich Elena nicht anfreunden. Sie hatte sich nie besonders für die Menschen interessiert, obwohl sie im Geschichtsunterricht manchmal über sie sprachen. Sicher waren die Menschen langweilig und fantasielos, ungehobelt und ohne Kultur. Wie konnte man ohne Zauberei zurechtkommen? Was lernten die Menschen denn in der Schule? Das musste doch tödlich langweilig sein! Und die geheimnisvolle Technik, um die die Menschen so viel Aufhebens machten, bestand bestimmt hauptsächlich aus einem Gewirr von Kabeln, über das man stolperte, bevor man ins Bett ging, das einen wahrscheinlich nicht einmal in den Schlaf wiegen konnte.

Am unvorstellbarsten aber war es für Elena, dass sie die ganze Zeit von Miranda getrennt sein sollte. Fünf Jahre lang! Das war ja nicht zum Aushalten, allein schon der Gedanke daran!

»Ich weiß, was du gerade denkst«, sagte Miranda und lächelte Elena an. »Das ist lieb von dir, aber ich finde, du solltest dir den Vorschlag deiner Großmutter durch den Kopf gehen lassen. Es wäre nämlich wirklich eine Chance für euch, aus diesem Schlamassel hier rauszukommen.«

»Danke, Miranda«, sagte Mona. »Ich sehe, du hast begriffen, worum es geht.«

»Fünf Jahre sind allerdings schon eine sehr lange Zeit«, meinte Miranda. »Darf man zwischendrin mal die Welten wechseln? Besuche machen? Darf man telefonieren und Post austauschen?«

»Sicher wird das möglich sein«, entgegnete Mona. »Der Oberamtszaubermeister wollte mir die HEXIL-Unterlagen baldmöglichst zukommen lassen, und darin steht alles, was wir wissen müssen.«

»Das heißt also tatsächlich, dass man im HEXIL nicht völlig abgeschnitten von der Hexenwelt ist«, sagte Miranda nachdenklich.

»Garantiert nicht«, bekräftigte Mona.

Miranda sah Elena an. »Du weißt, dass ich mich brennend für Menschen interessiere. Es muss doch wahnsinnig spannend sein, in einer Gesellschaft zu leben, die ganz ohne Magie zurechtkommt! Wie machen die Menschen zum Beispiel Licht? Wie verständigen sie sich ohne Kommunikationskugel? Wie wissen sie, wenn sie dringend gebraucht werden – ohne den Gedankennotruf?«

Elena zuckte die Achseln. War das wirklich so wichtig? Miranda übertrieb es. Menschenkunde war ihr größtes Hobby. Sie besaß sogar ein Märchenbuch der Gebrüder Grimm, das aus der Menschenwelt stammte. Miranda hatte es vor einem halben Jahr auf einem Flohmarkt ergattern können.

»Könnte ich nicht ins HEXIL mitkommen?« Miranda sah Mona bittend an. »Ich müsste natürlich erst meine Eltern fragen, ob sie einverstanden sind. Aber es wäre für mich eine einmalige Chance. Mein Wunsch ist es, später als Diplomatin zu arbeiten. Ich weiß, das ist alles noch Zukunftsmusik, aber vielleicht kann ich eines Tages einmal zwischen den Menschen und den Hexen vermitteln.«

»Das ist allerdings ein kühner Wunsch«, sagte Mona und ihr Gesicht wurde dabei ernst. »Die Menschen haben den Hexen in der Vergangenheit sehr großes Unrecht zugefügt, und seither wurden alle diplomatischen Beziehungen abgebrochen. Die Grenze zwischen den Welten wurde immer mehr verstärkt.«

»Darf ich ins HEXIL mitkommen?«, wiederholte Miranda flehend. »Ach bitte! Elena wird sich nicht so einsam fühlen, und wir könnten uns gegenseitig dabei unterstützen, Informationen über die Menschen zu sammeln.«

»Wir wissen ja noch gar nicht, ob wir tatsächlich gehen«, schaltete sich jetzt Jolanda ein, die die ganze Zeit geschwiegen hatte. »Ich gebe zu, Mutter, dein Vorschlag hört sich nicht schlecht an, aber so einen Entschluss kann man nicht übers Knie brechen. Außerdem muss ich Daphne und Rufus fragen, was sie davon halten – denn ohne meine Kinder gehe ich auf keinen Fall!«

Elena konnte sich schon vorstellen, dass ihre Schwester Daphne überhaupt nicht begeistert sein würde. Sie war fünfzehn und hatte seit Kurzem einen Freund. Daphne und die Jungs – das war ohnehin ein Kapitel für sich. Seit ihrem zwölften Geburtstag war Daphne fast ständig in irgendjemanden verliebt und sorgte dadurch für jede Menge Chaos. Es lag nicht nur an ihren wechselnden Gefühlen oder an ihrem Herzschmerz. War eine Hexe verliebt, dann geriet ihre Magie außer Kontrolle. Zaubersprüche funktionierten nicht mehr oder ihre Wirkung war ungleich stärker als sonst. Gedanken oder Wünsche konnten Vasen zerschmettern oder Dinge zu Boden fallen lassen. Selbst während des Schlafs riefen die Sehnsüchte einer verliebten Hexe zuweilen merkwürdige Lichterscheinungen hervor, beispielsweise tanzten manchmal auf den Bettpfosten geheimnisvolle blaue Flämmchen, Elmsfeuer genannt. Oder es erschienen sogar geisterhafte Gestalten. Elena erinnerte sich noch genau daran, dass eines Nachts drei Zwerge, die in graue Kutten gehüllt waren, vor ihrem Bett gestanden hatten. Sie hatten dämlich vor sich hin gekichert und Elena war von ihrem Kichern wach geworden. Natürlich hatte sie sich fürchterlich erschrocken, aber dann waren die Zwerge mit einem gedämpften Knall zerplatzt und hatten im Zimmer einen Geruch nach wilden Rosen hinterlassen. Da hatte Elena gewusst, dass sie es mit *Amormagie* zu tun hatte – Gedankengestalten eines verliebten Hirns. Solche Gedankengestalten waren meist harmlos, konnten aber für Familienmitglieder sehr lästig werden. Papa hatte es geschafft, Daphnes magische Auswüchse einigermaßen einzudämmen, sodass der Alltag weitgehend reibungslos ablief. Aber jetzt war Papa ja leider ein Leguan …

»Es wird Daphne guttun, wenn sie Abstand zu diesem Gregor bekommt«, sagte Großmutter Mona und ließ sich wieder auf der Sofalehne nieder. »Gregor ist genauso zwielichtig wie unser *Le-gu-on* im Terrarium. Es reicht, wenn eine aus der Familie einen Tunichtgut geheiratet hat. Deine Tochter muss nicht denselben Fehler machen wie du.«

Le-gu-on! Elena schüttelte den Kopf. Großmutter Mona fand immer neue Variationen, um Papas Vornamen zu verunstalten.

### Wenn eine Hexe verliebt ist:

- dann verliert sie die Kontrolle über ihre Zauberkraft. Ein Zauber kann schwächer oder stärker ausfallen.
- dann entstehen während des Schlafs oft seltsame Lichterscheinungen über dem Bett, beispielsweise blaue Flämmchen.
- dann kommt es manchmal sogar zu Geistererscheinungen (sogenannte »Amormagie«). Diese Geister sind meist harmlos und zerplatzen wie Seifenblasen, aber andere Leute können dadurch erschreckt werden.

»Wer ist Gregor?«, fragte Jolanda verständnislos. Anscheinend war sie die Einzige, die nicht mitbekommen hatte, mit wem sich Daphne in der letzten Zeit immer traf.

»Ich spreche von Gregor van Luren«, klärte Mona sie auf. »Steinreiche Familie, aber lauter Schwachköpfe. Isidor van Luren, Gregors Großvater, war beispielsweise ein Anhänger der *Purpur-Bewegung*, und man munkelt, er habe Kontakte mit Vampiren gepflegt, bevor er vor dreißig Jahren verschwunden ist. Fabienne van Luren, eine weitläufige Kusine und nicht ganz richtig im Kopf, hat Drillinge zur Welt gebracht. Zwei davon waren ganz normale hübsche Hexenmädchen, aber das dritte Kind soll ein Werwolf gewesen sein, den Fabienne gleich nach der Geburt in einen reißenden Fluss geworfen hat …«

»Das ist jetzt Tratsch, Mutter!« Empört stand Jolanda auf.

»Daphne ist sehr vernünftig für ihr Alter, und es ist mir lieber, sie trifft sich mit Gregor van Luren und seiner Clique, anstatt zur Einzelgängerin oder Außenseiterin zu werden … wie … wie …« Sie fuchtelte mit den Händen und brach mitten im Satz ab.

Wie ich, dachte Elena und hatte einen Kloß im Hals. Es stimmt. Daphne war schon immer viel beliebter als ich, und sie ist es noch immer – selbst jetzt, nach dem Unglück …

Nach wie vor wurde Daphne zu Partys eingeladen, und Elena hatte das Gefühl, dass die Jungs gerade erst von dem dunklen Familiengeheimnis, das Daphne umgab, angezogen wurden.

Elena hatte schon oft darüber nachgegrübelt, warum das bei ihr nicht funktionierte. Sie wollte zwar nicht unbedingt, dass die Jungs ihr nachliefen, aber ein bisschen mehr Respekt und Achtung hätten sie ihr schon entgegenbringen können. So aber war Elena die Zielscheibe von Spott und dummen Streichen. Nach Papas Verurteilung war es richtig schlimm geworden, und hätte Miranda ihr nicht treu zur Seite gestanden, wäre Elena manchmal schon verzweifelt.

Wenn ich ins HEXIL ginge, wäre ich wenigstens meine blöde Klasse los, schoss es Elena durch den Kopf. Die anderen könnten mich nicht mehr hänseln – und wenn ich in fünf Jahren zurückkehre, haben sie längst alles vergessen. Und wenn Miranda tatsächlich mitkommen würde …

»Glaubt mir, ein HEXIL ist wirklich das Beste für uns alle«, unterbrach Mona Elenas Gedankengänge. »Auch für dich, Jolanda, denn du wirst im HEXIL endlich wieder einer vernünftigen Arbeit nachgehen können! Hier bekommst du ja als Journalistin keine Aufträge mehr, weil dein Name mit Schmutz be…«

»Ja, ich hab's begriffen«, sagte Jolanda heftig. »Du brauchst mir nicht bei jeder Gelegenheit unseren sozialen Abstieg unter die Nase zu reiben. Ich weiß, was mit uns passiert ist, ich bin ja nicht dumm.«

Elena staunte, weil ihre Mutter es sonst fast nie wagte, Großmutter zu widersprechen.

»Nicht dumm, aber verblendet.« Mona musste das letzte Wort haben. »Ich verstehe nicht, Jolanda, wie du diesen Vagabunden überhaupt heiraten konntest – und ich fürchte gar, du liebst ihn noch immer, obwohl er inzwischen so ein hässliches *Ding* ist! Ich kann es mir nicht anders erklären, als dass er dich heimlich verhext haben muss – und zwar gründlich. Wahrscheinlich hat er dich mit einem gemeinen Treuefessel-Zauber belegt, damit du in deinem Leben keinen anderen Mann mehr ansiehst. Jede andere Frau in deiner Situation hätte nämlich längst die Augen nach einem passenden Liebhaber offen gehalten, aber du …«

»Dieses Thema müssen wir jetzt nicht vor den Kindern ausdiskutieren«, sagte Jolanda mit einem Seitenblick auf Elena und Miranda. »Wirklich nicht. – Na gut, Mutter, du hast mich überzeugt. Ich werde mit Daphne sprechen. Bei Rufus mache ich mir keine Sorgen, er ist schließlich erst vier, und das HEXIL wird für ihn nichts anderes sein als eine lange Reise.«

»Das wird es für uns alle sein«, murmelte Mona. »Eine lange, aufregende Reise …«

# Wem das Zaubern soll gedeihn, der muss bei guter Laune sein

Wie Elena erwartet hatte, machte Daphne einen Riesenaufstand, als sie am Abend von den Plänen erfuhr.

»Ich werde unter keinen Umständen ins HEXIL mitgehen«, erklärte sie und ihre Augen funkelten. Eines war grün, das andere blau. »Auf gar keinen Fall! Ich habe keine Lust darauf, mit Gregor eine Fernbeziehung zu führen. Und fünf Jahre – ihr seid ja wahnsinnig! Bis ich zurückkomme, bin ich alt und grau!«

»Du übertreibst«, sagte Mona gelassen. Sie schnippte mit den Fingern, und schon hielt sie einen ihrer geliebten Zigarillos in der Hand. Der Rauch stieg kräuselnd in die Höhe und verbreitete einen aromatischen Duft nach Minze. »Und ein bisschen Abstand zu Gregor würde dir guttun.«

»Ich hasse es, wie du uns immer alle rumkommandierst«, fauchte Daphne sie an. »Du benimmst dich arrogant und tust immer so, als hättest du hier das Sagen.«

»Und du benimmst dich gar nicht«, entgegnete Mona. Der Rauch bildete ein Quadrat, dann einen Würfel. Sie blickte ihm nach, wie er zur Decke stieg und sich dort schlangenlinienartig auflöste.

»Ich finde es ungeheuerlich, dass du von mir verlangst, all meine Freunde von einem Tag auf den anderen im Stich zu lassen«, sagte Daphne.

»Von einem Tag auf den anderen – davon ist gar nicht die Rede«, stellte Mona richtig. »Wir haben vier Wochen, um alle Vorbereitungen zu treffen. Das ist genügend Zeit, um zu entscheiden, was wir mitnehmen wollen. Wir können ohne Stress den Umzug organisieren und du kannst dich in aller Ruhe von deinen Freunden verabschieden.« Sie blies einen neuen Würfel in die Luft, dem zwei weitere folgten. Die Würfel türmten sich übereinander wie Bauklötze. Der Turm trieb diesmal waagerecht durchs Wohnzimmer in Richtung Terrarium. Der Leguan drehte seinen Kopf und folgte dem Rauchgebilde mit Blicken.

»Ich bin sicher, dass *dein Gregor* ...«, so, wie Mona den Namen aussprach, klang es, als würde sie von etwas besonders Widerwärtigem reden, »... sogar eine Abschiedsparty für dich geben wird.«

»Das würde dir so passen, Großmutter!« Daphne stampfte mit dem Fuß auf. »Und jetzt hör endlich mit diesen albernen Spielereien auf. Außerdem ist Rauchen ungesund.«

»Diese Zigarillos sind völlig unschädlich«, widersprach Mona. »Der Tabak besteht aus persischer Pfefferminze, japanischer Heilquitte, zerstampftem brasilianischem Thymian und einem Hauch argentinischer Aloe vera. Ein Import aus der Menschenwelt. Ziemlich teuer wegen des Zolls, aber bald werde ich sie mir ja vor Ort kaufen können. Diese Zigarillos sind einfach ausgezeichnet.«

»Ich werde nicht mitgehen«, wiederholte Daphne.

»Im HEXIL wird es uns an nichts mangeln, wir werden eine wohlhabende Familie sein«, redete Mona ungerührt weiter. »Ich bin sicher, Jolanda wird dein Taschengeld nicht nur verdoppeln, sondern verzehnfachen, und du wirst endlich deine Freunde nicht mehr anpumpen müssen.«

Daphne wechselte die Farbe. »Woher weißt du, dass ich sie angepumpt habe?«, fragte sie verblüfft.

»Schätzchen, deiner Großmutter entgeht nichts«, sagte Mona, und der Rauch bildete nun die Umrisse von Münzen und Geldscheinen. »Deine Mutter ist in dieser Hinsicht zwar völlig blind, aber glaubst du, ich habe deine neuen Klamotten nicht gesehen? Und auch nicht, wie oft du in den letzten Wochen deine Frisur geändert hast? Ab heute brauchst du auch nicht mehr deinen neuen Besen aus Erlenholz mit Rasta-Reisig in der leeren Regentonne zu verstecken. Ich weiß längst Bescheid.«

»Woher hast du den Besen?«, entfuhr es Elena. Sie hatte sich schon in Grund und Boden geschämt, wenn sie mit ihrem eigenen Besen in der Schule ankam und jemand sie dabei beobachtete. Den alten Besen empfand sie selbst als die härteste Strafe – ausgenommen natürlich, dass Papa nun ein Leguan war.

»Gekauft, woher sonst?«, antwortete Daphne schnippisch und zupfte an ihrem kurzen, weißblonden Haar. »Dieses alte Ding war wirklich eine Zumutung. Ich habe fünfundzwanzig Minuten bis zur Schule gebraucht. Fünfundzwanzig Minuten! Da kann ich gleich zu Fuß gehen!«

Elena brauchte mit ihrem Besen einundzwanzig Minuten, an guten Tagen mit Rückenwind hatte sie es schon in achtzehn Minuten geschafft. Aber bergauf tat sich ihr Besen schwer. Elenas Rekord für den Heimweg lag bei dreiunddreißig Minuten. Sie öffnete gerade den Mund, um Daphne zu fragen, was sie mit dem alten Besen gemacht hatte, als es im Kamin ratterte und knackte. Dann fiel ein großes Paket auf die Feuerstelle.

»Immer diese billigen Kurierdienste«, schimpfte Mona, die sofort neben dem Kamin war und das Paket aus der Asche fischte. »Wenn jetzt ein Feuer gebrannt hätte …« Sie beendete den Satz nicht, sondern begann, das Paket zu öffnen.

Elena war neugierig, was sich darin befand. Gespannt sah sie zu, wie ihre Großmutter mit ihrem violett lackierten Fingernagel das Packband aufschlitzte und den Deckel der Schachtel aufklappte.

»Ah … das ging aber schnell!« Mona zog ein dickes Buch heraus. »Das ist das Fachbuch über die Spezies *Homo sapiens sapiens*, mit der wir es demnächst zu tun haben.« Das Buch schwebte in Richtung Elena. »Du kannst dich schon ein bisschen einlesen, wenn es dich interessiert. Ich habe es hauptsächlich für Jolanda bestellt, denn auf diese Grundlagen wird sie sich stützen, bevor sie mit ihren eigenen Forschungen beginnt.«

Elena fing den Band auf und las den Titel: »Vom Umgang mit Menschen« von Adrian Freitag Zwigge. Das Buch hatte 444 Seiten und war schon ziemlich vergilbt und abgegriffen.

*Auszug aus dem Buch »Vom Umgang mit Menschen« von Adrian Freitag Zwigge:*

## Die Menschenfrau

*Bei den Menschen (Homo sapiens sapiens) ist eindeutig der Mann dominant – im Gegensatz zu den Hexen und Zauberern (Homo sapiens magus), bei denen Männer und Frauen gleichberechtigt sind. Die Menschenfrau ordnet in der Regel ihre Wünsche denen ihres Ehemanns unter und kümmert sich um Kinder und Küche. Ihre wahre Berufung ist es, hinter dem Herd zu stehen und sich für ihre Familie aufzuopfern. Beim Kochen findet sie Erfüllung und Zufriedenheit, und nichts ist beglückender, als ihrem erschöpften Gatten bei dessen Heimkehr erst einmal Ruhe zu gönnen und ihm dann ein Glas kaltes Bier zu bringen.*

*Die Menschenfrau sorgt sich um reine Wäsche und muss – da ihr magische Kräfte fehlen – allerlei Mittel und Tricks ersinnen, um das Weiß zur Perfektion und die Farben zum Strahlen zu bringen. Flecken, die sie nicht beseitigen kann, bereiten ihr schlaflose Nächte und geben ihr das Gefühl, eine schlechte Hausfrau zu sein. Für ihre Kinder hält sie immer ein Stück Schokolade oder einen Becher Milchpudding bereit – ein Mittel, das bei Menschen gegen kleinere Verletzungen, schlechte Laune oder mittelmäßige Schulleistungen hilft.*

*Die Menschenfrau sorgt in ihrem Heim für gute Laune und Fröhlichkeit, während der Mann seinen Geschäften nachgeht und sich in seiner Freizeit körperlich ertüchtigt, um stark genug zu sein, damit er seine Frau und seine Kinder vor Feinden beschützen kann (denn auch dem Menschenmann fehlen natürlich magische Kräfte). Er ist es, der das Geld verdient, aber es ist selbstverständlich, dass er seiner Frau einen gewissen Betrag zur Verfügung stellt, damit sie für die Familie einkaufen kann.*

*Sind größere Ausgaben nötig, muss die Sache erst besprochen werden, wobei der Mann die letzte Entscheidung trifft. Am Jahresende (gewöhnlich am Heiligabend – 24. Dezember) kann der Mann seine Frau für ihre Leistungen mit einem Ring oder einer goldenen Kette belohnen, aber es besteht kein Zwang. Die Frau schenkt ihrem Mann als Zeichen ihrer Dankbarkeit Socken und Krawatten oder einen selbst gestrickten Pullover.*

»Ohne mich«, betonte Daphne noch einmal. »Ich komme nicht mit. Was ihr macht, ist mir egal. Wenn ihr ins HEXIL geht, dann ziehe ich eben solange zu Gregor.«

»Oh nein, das wirst du auf gar keinen Fall.«

Mona lächelte dünn. »Wenn du nicht mitkommst, dann werden wir eine andere Unterkunft für dich finden, aber zu den van Lurens wirst du auf gar keinen Fall gehen.«

»Das werden wir ja sehen«, konterte Daphne.

»Richtig, das werden wir sehen«, sagte Mona.

»Ich bin überzeugt, dass du zur Einsicht gelangst und ins HEXIL mitkommen wirst.« Sie beugte sich wieder über das Paket und holte ein schwarzes Etui heraus. Als sie es aufklappte, lag darin ein Amulett.

Elena zuckte zusammen, denn auf den ersten Blick ähnelte das Schmuckstück dem Amulett ihres Vaters, das sie im Terrarium gefunden hatte.

»Sehr schön«, murmelte Mona. »Ein *Transglobal-Kommunikator.*« Sie drückte auf einen winzigen Hebel. Sofort sprang das Amulett auf. In der Öffnung bildete sich eine Art Seifenblase, die leicht bläulich schillerte. Im Innern der Blase wurde der Kopf eines dunkelhaarigen Mannes sichtbar, der freundlich sagte:

»Im Moment sind noch keine transglobalen Gespräche möglich. Sie müssen Ihren Kommunikator erst im Zentralamt registrieren lassen.«

Elena kannte nur die normalen Kommunikationskugeln. Sie hatte bisher nicht gewusst, dass auch Gespräche zwischen der Hexen- und der Menschenwelt möglich waren.

»Sehr schön.« Mona nickte zufrieden und schloss das Amulett wieder. Die Seifenblase platzte. »Ich habe fünf solche Kommunikatoren für uns bestellt. Falls Miranda tatsächlich ins HEXIL mitkommt, muss ich noch einen ordern.«

»Nicht nötig, sie kann meinen haben«, sagte Daphne.

»Sechs wären trotzdem besser.« Mona lächelte hintergründig. »Dann hätten wir einen als Ersatz. – Aber schön, dass all diese Dinge so schnell geliefert worden sind. Ich werde meinen Kommunikator gleich registrieren lassen, damit ich mich mit dem Hexilbeauftragten in Verbindung setzen kann. Soviel ich weiß, ist dieser Mann der Urenkel eines Hexilanten, der in der Menschenwelt geblieben ist und dort eine Familie gegründet hat. Wahrscheinlich sind seine magischen Fähigkeiten schwächer ausgeprägt als bei uns – falls er überhaupt welche hat. In der Menschenwelt arbeitet er jedenfalls als Anwalt und hat sich bereit erklärt, zukünftige

Hexilanten zu unterstützen. Ich nehme an, er wird ordentlich geschmiert, damit er bei den Menschen nichts ausplaudert.«

»Klingt nach einem unangenehmen Typen«, sagte Elena skeptisch.

»Ach was«, widersprach Mona. »Er ist auf alle Fälle ziemlich nützlich. Wir brauchen ein schönes Haus, das groß genug ist für uns alle. Jedes von den Kindern bekommt ein eigenes Zimmer, selbstverständlich auch Miranda. Und Jolanda und ich benötigen natürlich noch jede einen separaten Arbeitsraum. Und ich will unbedingt einen Garten. Ein eigenes Schwimmbad und ein Fitnessraum wären auch nicht schlecht …«

Das hört sich ziemlich luxuriös an, dachte Elena. Vielleicht ist die Idee mit dem HEXIL ja doch ganz gut, vor allem, wenn Miranda mitkäme!

Auch Daphne sah etwas interessierter drein, aber als sie merkte, dass Elena sie beobachtete, wurde ihr Gesicht gleich wieder finster.

»Elena, du möchtest nicht zufällig ein Pferd?«, fragte Mona. »Menschenmädchen lieben Pferde …«

Elena schüttelte den Kopf. »Ich kann doch gar nicht reiten. Was soll ich mit einem Pferd?«

»Nun, ein Pferd wäre ganz praktisch, um von einem Ort zum anderen zu kommen«, sagte Mona. »Beispielsweise zur Schule. Denk daran, Liebes, du kannst ja deinen Besen nicht so benutzen wie hier.«

»Schule?« Elena schnappte nach Luft. »Ich soll im HEXIL zur Schule gehen?«

»Ja, was denn sonst?«, entgegnete Mona. »Du und Miranda, ihr werdet euch mit Menschenmädchen anfreunden, und auf diese Weise wird Jolanda viel über die Menschen erfahren. – Die erwachsenen Menschen bewegen sich hauptsächlich mit Autos, soviel ich weiß. Ich erinnere mich, dass der Oberamtszaubermeister mich darauf aufmerksam gemacht hat, dass Jolanda und ich einen Führerschein brauchen.«

Aber Elena hörte ihrer Großmutter gar nicht richtig zu. Mit ihren Gedanken war sie noch immer bei der Schule.

»Aber was soll ich denn da lernen? Das nützt mir doch gar nichts! Oder wird bei den Menschen auch Hexerei unterrichtet? Welche Fächer gibt es überhaupt in so einer Schule, und wie soll ich mein Hexendiplom bestehen, wenn ich keinen Unterricht mehr habe?«

»Lernen ist immer gut, Elena, das trainiert dein Gehirn«, versuchte Mona sie zu beruhigen. »Und keine Sorge, du wirst im HEXIL eben Fernkurse machen. Wenn du so fleißig bist wie bisher, wirst du die Prüfungen sogar früher ablegen können als deine Klassenkameraden. Und du bekommst ja dann auch deine Zugangsberechtigung zu höherer Zauberei wie die anderen …«

»Auch zu Metamorphose?«

»Natürlich.«

Elenas Herz machte einen Hüpfer.

»Aber was ist, wenn ich die Prüfungen in der Menschenschule nicht bestehe?«

»Kind, welche Gedanken du dir immer machst!« Mona schüttelte den Kopf. »Das ist gar kein Problem. Wenn es wirklich schiefgehen sollte, dann können wir deine Zeugnisse notfalls etwas mit Magie frisieren. Wichtig ist, dass du viele Kontakte zu Menschen hast, damit wir Hexen nicht nur oberflächliche Informationen über *Homo sapiens sapiens* bekommen, sondern auch ihre Geheimnisse erfahren, ihre Wünsche, Sehnsüchte, Träume, Lügen und Schwindeleien …« Sie kicherte. »Du und Miranda, ihr werdet eure neuen Klassenkameraden ausspionieren und geschickt beobachten – ohne ihnen natürlich zu verraten, wer ihr wirklich seid. Ich bin sicher, ihr werdet eine Menge Spaß haben!«

Elena war sich da nicht so sicher, aber es würde bestimmt aufregend sein. Es wäre wunderbar, wenn sie die Prüfung zu ihrem Hexendiplom tatsächlich früher ablegen könnte, dann würde sich nämlich keiner mehr lustig machen. Und sie brannte darauf, endlich die höhere Zauberei zu erlernen.

»Nun, Daphne, hast du nicht auch Lust bekommen, uns ins HEXIL zu begleiten?«, säuselte Mona in zuckersüßem Tonfall. »Es heißt, die Menschenjungen seien ziemlich leidenschaftlich und könnten ausgezeichnet küssen.«

Daphne starrte ihre Großmutter wütend an, dann machte sie auf dem Absatz kehrt und schmetterte die Tür hinter sich zu.

# Frisch gehext, ist halb gewonnen!

Es war ausgerechnet Gregor van Luren, der Daphne überredete, ins HEXIL mitzugehen.

»Willst du mich etwa loswerden?«, hatte Daphne gleich misstrauisch gefragt. »Gibt es da eine andere Hexe, auf die du stehst?«

»Ach was, so ein Quatsch! Ich finde nur, dass deine Oma recht hat. Das ist eine einmalige Chance für euch. Und spannend wird es bestimmt. Nur wenige Hexen und Zauberer haben die Gelegenheit, die Menschenwelt kennenzulernen.«

»Seit wann gibst du meiner Oma recht?«, hatte Daphne verwirrt gefragt. »Du hältst doch sonst nichts von ihr? Ich bin sicher, da läuft doch noch was anderes ...«

»Daphne, wenn du nicht sofort mit diesem Unsinn aufhörst, dann verwandle ich dich in einen Schwan! Du ärgerst mich. Ich habe keine Freundin außer dir, und ich werde dich bestimmt nicht vergessen, wenn du weg bist. Ich werde dich in der Menschenwelt ab und zu besuchen, das verspreche ich dir.«

»Oh, Gregor, wirklich? Schwörst du das?«

»Ich schwöre ...«

Elena hatte das Gespräch zwischen Daphne und Gregor

zufällig belauscht. Sie wusste auch nicht so recht, was sie davon halten sollte. Vielleicht hatte Gregor ja doch eine Freundin, obwohl er es so vehement abstritt … Für Elena war jedoch viel wichtiger, dass Miranda Leuwen tatsächlich ins HEXIL mitkommen würde. Ihre Eltern hatten es ihr erlaubt. Miranda hatte ihre Eltern davon überzeugt, dass sich ein Aufenthalt in der Menschenwelt gut in ihrem Lebenslauf machen würde. Dann würde sie später vielleicht wirklich einmal als Diplomatin arbeiten können. Jedenfalls würden ihre Chancen mit »Hexilerfahrung« viel größer sein. Mirandas Eltern freuten sich über den Ehrgeiz ihrer Tochter, und obwohl Miranda ihr einziges Kind war und ihnen die Trennung schwerfiel, beschlossen sie, ihr den Wunsch zu erfüllen.

Mona und Jolanda hatten gemeinsam überlegt und dann entschieden, Miranda in der Menschenwelt als Elenas Kusine auszugeben, die bei den Bredovs lebte, weil ihre Eltern verunglückt waren. Das war ein überzeugendes Argument, warum Miranda quasi »Familienanschluss« hatte und doch einen anderen Nachnamen trug als Elena, Daphne, Rufus, Jolanda und auch Mona. In der Hexenwelt war es üblich, dass der Mann bei der Hochzeit den Namen seiner Frau annahm. Leons früherer Nachname lautete Butlar.

Wie Mona gesagt hatte, hatten sie genau vier Wochen Zeit, um ihren Umzug zu organisieren. Der Hexilbeauftragte hatte bald ein geeignetes Haus für sie gefunden – etwas abgelegen, auf einem Hügel, mit einem sehr großen Garten.

»Regnet es dort auch so oft wie hier?«, hatte Elena sofort gefragt.

»Soviel ich weiß – nein«, hatte Mona geantwortet. »Bei den Menschen ist das Wetter übrigens überall gleich; die

Reichen bekommen nicht mehr Sonnenschein als die Armen, weil die Menschen trotz aller Technik nicht die Kunst des Wettermachens beherrschen.«

»Seltsam.«

»Ja, kaum zu glauben, aber sie können es einfach nicht.«

Elena freute sich schon darauf, dass sie ein größeres Zimmer bekommen würde als bisher. Die Zeit verging wie im Flug, und schließlich war der Tag des Umzugs da.

Miranda hatte ihre Sachen schon am Vorabend in das Haus der Bredows gehext – zwei große Kisten –, und nun warteten alle auf den transglobalen Umzugsdienst, der ihre Sachen und sie selbst in die Menschenwelt befördern würde.

Mirandas Eltern waren auch gekommen, um bis zum letzten Augenblick bei ihrer Tochter zu sein. Elena sah, dass Herr und Frau Leuwen beim Anblick ihres Hauses und der Wohngegend ein bisschen arrogant die Nase rümpften, aber das alles würde ja jetzt bald zum Glück der Vergangenheit angehören.

Miranda war genauso aufgeregt wie Elena, sie hörte kaum zu, was die Eltern zu ihr sagten. Frau Leuwen plapperte unentwegt.

»… einmal in der Woche bei uns melden«, sagte sie. »Und einmal im Monat werden wir dich besuchen oder du uns. Ach, liebste Miranda, hoffentlich ist es richtig, dich fortzulassen. Du fehlst uns jetzt schon.«

Herr Leuwen nickte und wischte sich über die Augen. Er redete kaum etwas, aber der Abschied von seiner Tochter schien ihm sehr nahe zu gehen.

Daphne lehnte an der Wand und tat so, als würde sie der Trubel um sie herum überhaupt nichts angehen. Unter den Augen hatte sie schwarze Schatten, denn Gregor hatte am

Abend zuvor tatsächlich eine Party für sie gegeben. Es war sehr spät geworden und Daphne sah ziemlich gerädert aus.

Jolanda wuselte überall herum und vergewisserte sich, dass sie nichts Wichtiges vergessen hatten und dass die Umzugskisten ordentlich verpackt waren. Großmutter Mona war auf die Terrasse gegangen und rauchte dort wieder einmal einen ihrer unvermeidlichen Zigarillos. Es regnete ausnahmsweise nicht. Es sah im Moment sogar aus, als wollte die Wolkendecke aufreißen und die Sonne hervorkommen.

Rufus saß auf seiner Kiste und ließ die Beine baumeln.

»Wann geht es endlich los?«, fragte er. »Wie lange müssen wir denn noch warten?«

»Der Umzugsdienst ist sicher gleich da«, sagte Jolanda. Ihr Blick wanderte zu der Stelle an der Wand, wo noch kurz zuvor die große Uhr gehangen hatte. Jetzt war der Platz kahl und leer.

Im selben Moment krachte es auf der Terrasse. Mona sprang erschrocken zur Seite, als plötzlich neben ihr – buchstäblich aus dem Nichts – ein Laufband auftauchte. Eine Sekunde später materialisierten sich auf der Terrasse vier Männer in purpurnen Roben. Sie trugen schwarze spitze Hüte mit der goldenen Aufschrift TRANSGLOBAL.

»Na endlich«, sagte Mona und drückte auf der Fensterbank ihren Zigarillo aus – eine Angewohnheit, über die sich Jolanda immer aufgeregt hatte. »Wir dachten schon, Sie kommen heute überhaupt nicht mehr.«

»Nur keine Aufregung, Lady, nun sind wir ja da«, sagte einer der Männer gelassen. Er zog seinen langen Zauberstab aus dem Gürtel und zeichnete dicht über dem Laufband ein Viereck in die Luft. Sofort füllte sich die Fläche mit einer Art dunkelblauem Rauch: *das Portal.*

Der zweite Mann hielt inzwischen eine Reihe von Formularen in den Händen und studierte sie aufmerksam.

»Sie kennen die Zollbestimmungen«, sagte er zu Mona. »Es darf nichts Geheimes oder Verbotenes in die Menschenwelt ausgeführt werden, das ist Vorschrift.«

»Wir schmuggeln nichts Illegales«, sagte Mona gelassen. »Aber Sie können unsere Kisten gerne überprüfen.«

»Das werden wir auch, Lady«, antwortete der Zauberer und machte den anderen beiden Männern ein Zeichen.

Sie betraten das Wohnzimmer und grüßten.

»Womit soll es losgehen?«, fragte einer der Zauberer.

»Vielleicht hiermit?« Jolanda zeigte auf eine sperrige Kiste.

Die Zauberer berührten die Kiste gleichzeitig mit ihren Zauberstäben. Die Stäbe leuchteten grün auf und die Männer nickten zufrieden.

»Die Kiste ist in Ordnung«, sagte ein Zauberer und berührte die Kiste ein zweites Mal mit seinem Stab. Darauf erhob sie sich, glitt zur offenen Terrassentür hinaus und schwebte zum Laufband, das sich daraufhin in Bewegung setzte. Alle sahen zu, wie die Kiste in dem blauen Viereck verschwand.

Elenas Herz klopfte aufgeregt. Unter ihrer Bluse hatte sie das Amulett ihres Vaters versteckt. Sie hatte das Gefühl, dass das Schmuckstück wie Feuer auf ihrer Haut brannte. War das Amulett etwas *Verbotenes*? Würden die Zauberer die Personen genauso überprüfen wie die Umzugskisten? Was sollte sie nur tun?

»Ich muss aufs Klo«, sagte Rufus in diesem Augenblick und rutschte von seiner Kiste.

»Elena, kannst du mal mitgehen?«, fragte Jolanda. »Du siehst ja, ich habe hier zu tun.«

»Ich kann allein«, behauptete Rufus sofort, aber Elena ging trotzdem hinterher. Manchmal knöpfte Rufus nicht ordentlich seine Hose zu, oder er vergaß, die Toilettenspülung zu betätigen. Doch diesmal hatte Elena noch etwas anderes im Sinn. Ihr war gerade eine Idee gekommen.

Während die Zauberer von TRANSGLOBAL Kiste um Kiste überprüften und eine nach der anderen über das Laufband in die Menschenwelt gelangte, versuchte Elena, ihren Bruder zu überreden, einen seiner Schuhe auszuziehen.

»Warum soll ich das machen?«, fragte Rufus, der auf der Klobrille hockte. »Ich hab kein Loch in den Socken, ganz ehrlich!«

»Ich will etwas in deinem Schuh verstecken«, flüsterte Elena. »Ich will eine schöne Kette in die Menschenwelt mitnehmen, aber die Zauberer werden sie mir wegnehmen, wenn sie sie entdecken. In deinem Schuh finden sie sie bestimmt nicht.«

Rufus grinste. »Also ein Geheimnis?«

»Ja, ein Geheimnis«, wiederholte Elena und legte verschwörerisch die Finger an die Lippe. Sie wusste, dass Rufus Geheimnisse liebte und sie normalerweise tatsächlich nicht ausplauderte.

Jetzt zog Rufus bereitwillig seinen linken Schuh aus und reichte ihn ihr. Er hätte Elena auch gerne noch den rechten zur Verfügung gestellt.

»Nein, danke, ein Schuh reicht.« Elena holte das Amulett unter ihrer Bluse hervor und zog es über den Kopf.

»Oh, die Kette ist aber schön«, sagte Rufus und beugte sich vor. Elena ließ es zu, dass er das Amulett kurz anfasste, aber dann nahm sie es ihm weg und legte es vorsichtig in seinen Schuh.

»Alles in Ordnung?«, fragte sie, nachdem sie ihrem Bruder den Schuh wieder angezogen hatte.

Rufus nickte.

»Spürst du die Kette? Drückt sie?«

»Nö. Nur ein bisschen.«

»Nicht humpeln, sonst merken die Zauberer was«, schärfte Elena ihrem Bruder ein.

»Klar.« Rufus sah sie an und lächelte verschmitzt. Kurz darauf verkündete er: »Bin fertig!«

Elena drückte auf die Klospülung, half Rufus beim Anziehen und bestand darauf, dass er sich die Hände wusch. Dann kehrten sie ins Wohnzimmer zu den anderen zurück.

Die Männer diskutierten gerade mit Jolanda und Mona wegen des Terrariums.

»Es tut uns leid, aber Sie können den Leguan nicht mitnehmen«, sagte der Zauberer, der die Formulare hatte. »Keine Ausfuhr von Tieren in die Menschenwelt. Tiere unterliegen den Quarantänebestimmungen.«

»Na, dann bleibt das Biest eben hier«, sagte Mona gelassen. »Es ist sowieso besser, wenn du dich endlich von ihm trennst.«

Jolanda wurde blass. »Nein, Leon bleibt nicht hier!«, widersprach sie. »Auf gar keinen Fall. Sonst komme ich auch nicht mit.« Sie sah den Zauberer flehend an. »Aber der Leguan muss mit. Er ist nämlich mein Mann!«

»Ihr Mann, Lady?« Der Zauberer hob skeptisch die Augenbrauen.

»Ja, mein Mann – Leon Bredov.« Jolanda schluckte. »Er ist vor einem Vierteljahr dazu verurteilt worden, fortan als Leguan zu leben. Dabei war er unschuldig. Durch dieses Urteil haben wir alles verloren – unser Vermögen, unseren Ruf, unsere Zukunft. Deswegen gehen wir jetzt auch ins HEXIL. Aber nicht ohne meinen Mann!«

»Hm.« Der Zauberer blickte ratlos zu den anderen. Elena las Mitleid und Anteilnahme in den Blicken der Männer.

»Leon Bredov«, sagte ein anderer Zauberer. »An den Fall kann ich mich gut erinnern. Ich habe davon in der Zeitung gelesen.«

Die Presseleute hatten sich auf die Sache gestürzt wie Wespen auf reife Pflaumen. Die Zeitungen waren voll gewesen mit Berichten über den Gerichtsprozess und Leons angebliche Untaten. Dabei war kühn spekuliert worden, und mit manchen der Zeitungsschreiber war die Fantasie völlig durchgegangen.

## HEXENSPIEGEL, 4. Januar

*Wie schuldig ist Leon Bredov?*

*Er galt niemals als unbescholtener Bürger – Leon Bredov. Geboren im Jahr des Schwarzen Hahns, von seiner Mutter ausgesetzt und von Pflegeeltern aufgezogen, besuchte er nur unregelmäßig die Schule. Dort, wo er auftauchte, gab es oft Ärger – wie einige seiner ehemaligen Mitschüler bestätigen. Leon galt als Schläger und Abenteurer, er war ein Querdenker und Rebell. Weil er wegen schlechten Betragens von der Abschlussprüfung ausgeschlossen wurde, holte er sein Hexendiplom in der Mitternachtsschule nach. Danach war er vier Jahre lang verschwunden. Niemand weiß, wo er sich genau aufgehalten hat. Gerüchten zufolge war er zunächst bei den Eismagiern im Norden, wo er Kontakt mit den Schwarzen Zauberkutten aufnahm. Es gibt etliche Hinweise auf verbotene schwarzmagische Praktiken, wie beispielsweise den ewig blutenden Eisberg, dessen Blutung bis heute nicht zum Stillstand gekommen ist. Bredov, der vor seiner Heirat noch Butlar hieß, soll ein Schützling des berüchtigten Zacharias Zannander gewesen sein, der bei einem Seebeben im Nordmeer umgekommen ist. Nach seiner Rückkehr machte Leon Butlar der angesehenen Jolanda Bredov den Hof, die aus sehr gutem Hause stammt und bereits mit Theobaldus Magnus verlobt war. Es kam zum Skandal, als Jolanda die Verlobung löste. Sieben Monate nach der Hochzeit mit Leon wurde Daphne geboren, und es gibt wilde Spekulationen darüber, wer nun ihr Vater ist – Leon oder Theobaldus … Theobaldus Magnus hüllt sich in diskretes Schweigen. Es ist ein offenes Geheimnis, dass Mona Bredow sehr unzufrieden mit der Wahl ihrer Tochter ist und schon vor Leons Festnahme ihrem Schwiegersohn stets misstraut hat …*

Elena hatte überhaupt keine Chance gehabt, in der Schule zu verheimlichen, dass ihr Vater verhaftet worden war und sich nun vor Gericht verantworten musste. Ihre Klassenkameraden schienen alle Neuigkeiten sogar noch früher zu erfahren als sie selbst. Jolanda hatte sämtliche Artikel aufgehoben und in ein Album geklebt. Sie wollte Beweise haben, welcher Reporter was zusammengelogen hatte. Vielleicht würde das irgendwann einmal nützlich sein – später, wenn Leons Unschuld erwiesen und seine Ehre wiederhergestellt war.

»Tja, wenn der Leguan tatsächlich ihr Mann ist ...«, der Zauberer mit den Formularen zögerte, »... dann ist er eigentlich kein richtiges Tier.«

»Ganz recht, er ist überhaupt kein Tier«, wiederholte Jolanda und nickte heftig.

»Und dann fällt er demnach auch nicht unter die Quarantänebestimmungen«, murmelte der Zauberer und blätterte in seinen Papieren. »Jedenfalls finde ich in meinen Unterlagen nichts, was darauf hinweist, dass für Strafverwandelte ein Ausfuhrverbot gilt.«

Jolanda sah erleichtert aus. »Dann kann ich meinen Mann also mitnehmen?«

»Ja, Sie können, Lady«, antwortete der Zauberer. »Oder sieht das einer von meinen Kollegen anders?«

Die drei anderen Zauberer schüttelten einvernehmlich ihre Köpfe.

Großmutter Mona lächelte süßsauer. »Und dabei wäre es

eine so gute Gelegenheit gewesen, dieses grässliche Schuppentier loszuwerden. Du hättest dir nicht einmal Vorwürfe machen müssen, Jolanda.«

»Manchmal bist du wirklich unmöglich, Mutter!«, zischte Jolanda.

Mona zuckte nur die Achseln. »Ich sage, was ich denke.«

Die Zauberer fuhren mit ihrer Arbeit fort. Sie berührten mit ihren Zauberstäben das Terrarium, das sich daraufhin sachte in die Luft erhob und zum Laufband schwebte. Elena beobachtete, wie der gläserne Käfig mit ihrem Vater durch das dunkelblaue Viereck geschoben wurde und verschwand.

Schließlich waren alle Kisten und Kartons verschwunden und der Raum wirkte ungewohnt kahl und leer. Elena sah sich ein letztes Mal um. Nein, es würde ihr bestimmt nicht schwerfallen, dieses dunkle und unfreundliche Zuhause zu verlassen!

Herr und Frau Leuwen drückten Miranda fest an sich. Jetzt schluchzte auch Frau Leuwen. Miranda wirkte etwas genervt.

»Aber Mama, es ist doch kein Abschied für immer! Ich bin ja nur in einer Parallelwelt! Und ihr könnt mir jederzeit schreiben, wir können telefonieren … Ach, Mama, bitte, hör doch auf zu weinen!«

Frau Leuwen schniefte und wischte sich die Tränen ab. »Du hast recht, ich sollte lieber stolz auf dich sein. Du bist so großartig, Miranda, und bestimmt wird aus dir eines Tages eine ausgezeichnete Diplomatin …«

»Können wir jetzt weitermachen?«, fragte einer der Zauberer. Miranda sah ihn erleichtert und dankbar an, löste sich von ihrer Mutter und trat auf ihn zu.

»Ja. Ich zuerst – bitte.«

Der Zauberer wollte Miranda mit seinem Stab berühren und aufs Laufband schicken, doch sein Kollege fasste ihn am Arm.

»Stopp«, sagte er. »Tut mir leid. Zuerst noch die Kontrolle, ob du nichts schmuggelst.«

Zwei Zauberstäbe glitten an Miranda entlang. Miranda lächelte nervös. Dann leuchteten die Stäbe grün auf.

»Alles in Ordnung«, sagte der Zauberer, der die Kontrolle verlangt hatte. »Du kannst gehen. Gute Reise.«

»Danke«, sagte Miranda. Sie trat auf die Terrasse, stieg auf das Laufband, drehte sich um und winkte. »Tschüs, Mama! Tschüs, Papa! Wir telefonieren …«

Und dann wurde sie auch schon von dem dunkelblauen Viereck verschluckt.

Als Nächstes folgte Daphne. Die Zauberer hatten bei der Überprüfung nichts an ihr auszusetzen. Daphne schritt auf die Terrasse, stieg anmutig aufs Laufband, stemmte eine Hand in die Hüfte und verschwand mit wiegendem Gang, als sei sie ein Model und müsse vor großem Publikum die neueste Hexenmode vorführen. Es war ein richtiger Auftritt und die Zauberer gafften auch prompt mit offenen Mündern hinter ihr her.

Elena dagegen fand es nur lächerlich, wie sich ihre Schwester bei jeder Gelegenheit in Szene setzte. Wenn sie das nötig hatte!

Doch gleich hielt Elena unwillkürlich den Atem an. Rufus kam an die Reihe!

Ihr kleiner Bruder trat auf die Zauberer zu und lächelte sie freundlich an.

»Na, du Knirps, was schmuggelst du denn?«, fragte der erste Zauberer, beugte sich zu ihm hinab und zupfte ihn leicht am Ohr.

»Den brauchen wir wohl nicht zu überprüfen«, meinte der zweite Zauberer und gab Rufus einen freundschaftlichen Klaps. »Viel Spaß in der Menschenwelt!«

»Danke«, antwortete Rufus höflich und ging zum Laufband. Als er oben stand, winkte er heftig. »Bis gleich!«

Elena fiel ein Stein vom Herzen. Alles war gut gegangen!

Danach kam sie selbst an die Reihe. Sie spürte die Berührung der beiden Zauberstäbe. Grünes Licht, ein Glück! Sie durfte gehen.

Als Elena auf die Terrasse trat, fiel ihr auf, dass der Garten mit den wild wuchernden Pflanzen viel freundlicher aussah als sonst. Sie drehte sich um und warf einen Blick auf das Haus. Mona, Jolanda und das Ehepaar Leuwen winkten ihr zu.

»Ich muss nie mehr hierher zurück«, dachte Elena. Ein Schritt, und sie stand auf dem Laufband. Das schillernde Viereck vor ihr schimmerte wie Tinte.

Dann nahm die blaue Nacht sie auf.

»Endlich!«, rief Miranda und zog Elena in ihre Arme.

Elena war noch ganz benommen. Der Übergang in die Menschenwelt hatte nur wenige Sekunden gedauert. Es war Elena vorgekommen, als stünde sie auf einer Bühne hinter einem blauen Samtvorhang, der dann ruckartig zur Seite gezogen wurde.

Sie befreite sich aus der Umarmung und sah sich um.

Das also war die Menschenwelt. Im ersten Moment wirkte sie nicht viel anders als die Welt der Hexen. Ein großer Garten mit alten Bäumen … Durch das Laub flirrte das Sonnenlicht und ließ die Schatten auf dem Gras tanzen. Im Garten verteilt standen kreuz und quer die Umzugskisten und das Terrarium, aber alles war heil und unbeschädigt in der Menschenwelt angekommen.

Die Villa, in der die Bredovs ab sofort wohnen sollten, sah fantastisch aus. Sie hatte Erker und Türmchen und Balkone mit steinernen Brüstungen. Auf dem Dach saß ein Hahn aus rotem Kupfer und auf dem Schornstein drehte sich eine Wetterhexe. Links neben der Villa befand sich ein Schwimmteich, daneben stand ein hölzerner Pavillon, der über und über mit Kapuzinerkresse bewachsen war. Ein Bachlauf schlängelte sich quer durch den Garten. Rufus strahlte, als eine schillernde Libelle um ihn herumsurrte.

»Wahnsinn!«, stieß Elena aus. »Und das ist jetzt alles für uns!«

Sie breitete die Arme aus und drehte sich vor Freude im Kreis. Am liebsten hätte sie sich ins Gras fallen lassen, das so einladend grün und trocken aussah …

»Jetzt schnapp nicht gleich über!«, sagte Daphne. »Irgendeinen Haken hat die Sache bestimmt. Ich dachte außerdem, wir bekommen einen Pool und nicht so einen Froschtümpel.« Sie rümpfte abfällig die Nase.

Elena kannte ihre Schwester gut genug und wusste, dass es ihr in Wirklichkeit wahrscheinlich doch gefiel. So eine tolle Villa musste man einfach lieben!

Ein fremder Mann kam durch den Garten auf sie zu. Er war groß, schlank und trug einen grauen Anzug. Sein volles, graues Haar war noch eine Spur heller als der Stoff, aber sein

Gesicht wirkte angespannt und verkniffen, als habe er ständig Magenschmerzen.

»Was will denn der von uns?«, murmelte Daphne misstrauisch.

»Herzlich willkommen«, sagte der Mann und lächelte süßsäuerlich. »Gestatten, dass ich mich vorstelle: Ich bin Aaron Abraxas Holzin und der zuständige Hexilbeauftragte. Ich bin gekommen, um Sie … äh … um euch zu begrüßen und euch einzuweisen.«

In diesem Moment erschienen hinter Elena wie aus dem Nichts auch Jolanda und Mona. Von dem Laufband, das sie hierher transportiert hatte, war nichts zu sehen.

»Jetzt sind alle da«, sagte Daphne trocken.

Jolanda warf einen Blick auf das Haus und stieß einen Freudenschrei aus. »Das ist ja grandios!«

»Hab ich dir nicht gesagt, dass wir hier endlich wieder angemessen wohnen werden?«, entgegnete Mona.

»So schön habe ich es mir aber nicht vorgestellt«, meinte Jolanda mit glänzenden Augen.

»Mein Name ist Aaron Abraxas Holzin«, sagte der Mann und trat auf die beiden Frauen zu. »Wir hatten bereits Kontakt. Ich bin Ihr Hexilbeauftragter.«

»Sehr erfreut«, erwiderte Mona. »Sie haben ja das alles für uns arrangiert. Eine gute Wahl.«

»Ich hoffe, die Einrichtung wird Ihnen gefallen«, sagte Aaron. »Ich habe Ihnen ja einige Innenbilder per *Transglobkom* geschickt. Natürlich muss ich Sie noch mit den technischen

Gegebenheiten vertraut machen. Ich habe für Sie zwei Wagen besorgt, einen schwarzen Combi für Familienfahrten und ein kleines, wendiges Stadtauto in Feuerrot.«

»Brauchen wir dann nicht auch einen Führerschein?«, fragte Jolanda.

Aaron lächelte wieder. »Auch daran ist gedacht! Ich habe alle nötigen Papiere bereits besorgt – natürlich auf inoffiziellem Weg. Ich werde Ihnen nachher erklären, wie man die Autos bedient; die notwendige Fahrpraxis werden Sie sich in den nächsten Wochen von selbst aneignen, davon bin ich überzeugt. Wer Besen fliegen kann, der kann nämlich auch ein Auto steuern, nicht wahr, haha. – Bitte kommen Sie, ich werde Ihnen jetzt das Haus zeigen.«

Elena staunte. Das Haus war sehr geräumig, und es war mit allem, was ein Herz nur begehren konnte, ausgestattet. In ihrem Zimmer stand ein Himmelbett mit einem rosafarbenen Baldachin, der mit funkelnden Sternen bestickt war. Der Schrank war riesig und besaß sogar einige Geheimfächer. Genauso wie der verschnörkelte Schreibtisch mit den unzähligen kleinen Schubladen und der herunterklappbaren Schreibplatte. Eine Wand bestand aus lauter Regalen, die bereits zur Hälfte mit Büchern gefüllt waren. Miranda stürzte sich gleich darauf.

»Super! Lauter Menschenbücher! *Pippi Langstrumpf*! *Der Herr der Ringe*! *Gesammelte Märchen von Wilhelm Hauff*. *Harry Potter* … Die muss ich alle lesen, unbedingt!«

Elena überlegte, ob die freien Regalbretter für die Bücher reichen würden, die sie aus der Hexenwelt mitgebracht hatte und die sich noch draußen in den Umzugskisten befanden. Miranda hatte schon ein Buch herausgezogen und sich festgelesen.

»Lass doch, dafür ist später auch noch Zeit.« Elena zupfte ihre Freundin am Ärmel. »Komm mit auf den Balkon!«

Ihr neues Zimmer hatte Zugang zu einem Balkon, der mit dem Nebenzimmer verbunden war. Dort würde Miranda wohnen.

»Toll – ein Balkon, nur für uns zwei!« Elena freute sich. »Da können wir zusammen frühstücken oder Tee trinken, genial.«

Miranda lehnte sich über die Brüstung und seufzte. Vom Balkon aus hatte man einen wunderbaren Ausblick auf den Garten, und direkt unter ihm war der Schwimmteich. Elena entdeckte ein paar Fische.

»Sind das Goldfische?« Sie deutete mit dem Finger aufs Wasser.

»Koi-Karpfen«, sagte Aaron, der hinter ihnen auf den Balkon gekommen war. »Die sind viel wertvoller als Goldfische. Ich habe nur das Beste ausgesucht.«

Sie gingen wieder ins Zimmer zurück.

»Wozu sind eigentlich diese viereckigen Kästchen an der Wand?«, fragte Miranda.

»Oh, das habe ich noch nicht erklärt. Das sind Lichtschalter.« Aaron drückte auf den Schalter, und das Deckenlicht ging an. Er drückte ein zweites Mal, und das Licht erlosch wieder.

»Das ist aber umständlich«, sagte Elena. »Können wir nicht Licht machen wie bisher?« Sie zog kurz und ruckartig die Augenbrauen hoch. Sofort leuchteten alle Lampen im Zimmer: das Deckenlicht, die Lampen auf den beiden Nachttischen links und rechts vom Bett, eine romantische Leuchte unter dem Baldachin und die Schreibtischlampe.

»Funktioniert doch«, sagte Elena und grinste. Ein zweiter

Ruck mit den Augenbrauen, und alle Lampen waren wieder ausgeschaltet.

»Ihr solltet euch aber trotzdem angewöhnen, die Schalter zu benutzen«, sagte Aaron. »So machen es nun mal die Menschen, und ihr müsst unbedingt vermeiden, dass ihr auffallt. Ich gebe zu, die Hexenmethode ist viel praktischer, aber ihr seid jetzt im HEXIL, vergesst das bitte nicht. Ihr dürft nie unbedacht und leichtsinnig Magie anwenden, denn sonst schöpfen die Menschen Verdacht.«

»Na ja«, sagte Miranda. »Ich finde diese kleinen Kästchen eigentlich ganz nett.« Sie drückte ein paar Mal auf den Lichtschaltern herum.

Aaron war schon draußen im Gang und führte Jolanda und Mona die Telefonanlage vor. Er erklärte ihnen, dass man eine Nummer wählen musste, um mit der gewünschten Person sprechen zu können.

»Eine Nummer?« Jolanda runzelte verwundert die Stirn. »Sie meinen, es reicht nicht, dass man an den anderen nur denkt?«

»Leider nein«, antwortete Aaron. »Sie müssen unbedingt die richtige Nummer eintippen, sonst kann keine Gesprächsverbindung hergestellt werden. Mich können Sie übrigens auch auf diese Weise erreichen – auf meiner Festnetznummer. Ansonsten bin ich natürlich wie üblich per *Transglobkom* für Sie zu sprechen. – Übrigens verwenden Menschen sehr häufig so ein Ding hier.« Er zog ein winziges, silberfarbenes Klötzchen aus der Hosentasche. »Man nennt es Handy. Es ist sehr verbreitet und ungeheuer beliebt, weil man es überall mitnehmen kann. Für Hexen und Zauberer ist es allerdings weniger angenehm.«

»Warum?«, fragte Daphne.

»Moment, ich schalte es ein.« Aaron lächelte und tippte eine zufällige Nummer ein. »Selbst ich empfinde bei Handys ein leichtes Unbehagen, weil ich auch ein bisschen Hexenblut in den Adern habe, allerdings stark verdünnt.«

Elena spürte plötzlich ein Kribbeln, als würden Ameisen über ihre Arme und ihren Nacken kriechen. Miranda schien es ähnlich zu ergehen, sie zog die Schultern hoch. Daphne schüttelte sich, und Jolanda wich sogar einen Schritt zurück und fasste sich an die Schläfen.

»Machen Sie das Ding sofort wieder aus«, forderte Mona. »Sie haben recht, es ist hextrem unerträglich.«

Aaron schaltete das Handy ab und steckte es wieder in seine Anzugtasche. »Ich musste es Ihnen zeigen, weil es für die Menschen so wichtig ist. Sie, meine Damen, kommunizieren ohnehin anders. Aber genug davon. Jetzt müssen Sie lernen, wie man einen Computer benutzt.«

# Wer einmal hext, dem traut man nicht …

Die Nummer kenne ich nicht«, sagte Jana Kleist und schaute auf das Display. Das Handy hatte nur kurz geläutet. »Wahrscheinlich irgendein Spinner, der sich verwählt hat. Und ich dachte schon, es ist wieder meine Mutter, die will, dass ich sofort nach Hause komme und Klavier übe.«

»Ich verstehe nicht, wie du das aushalten kannst.« Ihre Freundin Nele Hermann stöhnte und ließ sich rücklings auf ihr Bett fallen. »Ständig diese Klimperei. Mir wäre es nach fünf Minuten schon zu langweilig. Und du kannst stundenlang spielen!«

»Ach, es macht schon Spaß«, sagte Jana. »Und wenn ich später mal Musik studieren möchte, muss ich gut sein. Aber meine Mutter will, dass ich noch mehr übe, damit die schwierigen Stellen perfekt sitzen. Manchmal wünsche ich mir, hexen zu können und mich nie wieder zu verspielen.«

Nele grinste. »Ja, das wäre echt praktisch. Mir würden tausend Dinge einfallen, die ich hexen könnte. Zuerst würde ich dafür sorgen, dass kein Lehrer mehr die Schule betreten kann.«

»Keine schlechte Idee.« Jana nickte.

»Und als Nächstes würde ich hexen, dass sich Tom endlich in dich verliebt«, fuhr Nele fort.

Jana lief knallrot an. Immer, wenn Nele mit diesem Thema anfing, wurde sie verlegen, obwohl sie eigentlich nichts lieber tat, als über Tom zu reden. Seit einem Vierteljahr war Jana in ihn verknallt, aber es ging einfach nicht vorwärts. Jana hatte keine Ahnung, ob Tom sie überhaupt schon einmal wahrgenommen hatte. Er ging in die neunte Klasse, während Jana und Nele die achte besuchten.

*Drum hexe, wer die Liebe findet,*
*damit sich Herz an Herze bindet!*

## Kleiner Liebeszauber

Man nehme:

- drei makellose rote Rosenblätter
- eine flache Schale und so viel Wasser, dass gerade der Boden bedeckt ist
- einen Fingernagel von dir und ein Haar von »ihm«

Lege den Fingernagel und das Haar auf das mittlere Rosenblatt.
Stelle die Schale an einen ruhigen Ort und warte, bis das Wasser verdunstet ist und die Rosenblätter ganz trocken sind. Umschlinge die Rosenblätter samt Haar und Fingernagel mit einem roten Seidenband und vergrabe das Päckchen in einer Vollmondnacht im Garten.

Warte ab, was passiert!

»Schade, dass man nicht wirklich hexen kann«, murmelte Jana vor sich hin.

»Tja, und deswegen wirst du Tom morgen in der Pause einfach ansprechen«, sagte Nele.

Jana protestierte sofort. »Das kann ich nie im Leben!«

»Natürlich kannst du das. Sonst wird das nie was mit euch. Du musst den ersten Schritt tun. Quatsch ihn an und setz dabei dein schönstes Lächeln auf. Das nennt man Flirten.«

»Mir egal, wie man es nennt. Ich sterbe schon allein bei dem Gedanken. Was soll ich überhaupt zu ihm sagen?«

»Natürlich, dass du seit Monaten in ihn verknallt bist und nur noch an ihn denken kannst.«

»Stimmt zwar haargenau, aber das kann ich ihm doch nicht sagen!« Jana versetzte Nele einen Stoß. Nele lachte.

»Hilf mir doch! Wie soll ich ihn ansprechen?«

»Hm … Lass mich nachdenken. Tom spielt doch Fußball im Verein … Sag ihm, du hast gehört, seine Mannschaft hat am Wochenende das Auswärtsspiel gewonnen, und nur, weil *er* das entscheidende Tor geschossen hat.«

»Ich hab keine Ahnung von Fußball, und außerdem – wenn er nun NICHT das entscheidende Tor geschossen hat?«

»Das ist ganz egal. Lass ihn einfach reden und mach ein Gesicht, als sei Fußball das Interessanteste auf der Welt.«

Jana seufzte. Aus Neles Mund klang das alles so einfach … Wenn sie selbst doch nicht so verdammt schüchtern wäre! Sobald sie Tom nur aus der Ferne sah, wurde ihr ganz heiß, und ihr Herz fing an zu hämmern, als hätte sie gerade einen Hundertmeterlauf hinter sich. Sie war sich sicher, dass sie kein Wort herausbringen oder nur sinnloses Zeug stammeln würde, wenn sie Tom gegenüberstand und reden sollte. Aber Nele hatte recht. Wenn Jana nichts unternahm, dann würden Tom und sie noch in zehn Jahren wortlos aneinander vorbeigehen. Es musste endlich etwas geschehen, selbst wenn sie sterben würde vor Verlegenheit.

»Okay«, sagte Jana zögernd. »Ich werde in den nächsten Tagen mit Tom reden.«

»Nicht in den nächsten Tagen, sondern morgen«, verlangte Nele. »Ich kenn dich doch, du schiebst es raus bis Freitag, und vielleicht siehst du ihn gar nicht, weil er in der Pause auf dem Klo ist …«

Jana grinste.

»Und dann jammerst du wieder das ganze Wochenende«, schloss Nele.

»Jammere ich?«, fragte Jana verblüfft.

Nele nickte. »Schon. Ein bisschen. Und manchmal mehr.« Sie zog Jana von der Bettkante auf. »Ich weiß, wie schlimm es ist, wenn man verknallt ist. Morgen tust du es. Sprich Tom an. Die Nummer mit dem Fußball wird funktionieren, keine Sorge.«

»Wenn du meinst …« So richtig überzeugt war Jana nicht. Aber sie fand es total nett von ihrer Freundin, dass sie ihr so Mut machte. Also morgen. Morgen würde sie es tun. Sie würde sich ein Herz fassen und auf Tom zugehen, in der ersten Pause …

Aber der nächste Tag verlief anders als geplant, denn gleich bei Unterrichtsbeginn stellte Frau Treller der Klasse 8a zwei neue Mitschülerinnen vor.

»Das hier sind Elena Bredov und Miranda Leuwen«, sagte die Lehrerin. »Sie sind neu hier in Blankenfurt, erst gestern angekommen. Elena und Miranda sind übrigens Cousinen. Aber vielleicht erzählt ihr beiden selbst etwas über euch.«

Elena, das Mädchen mit den kastanienbraunen gekräuselten Haaren, wirkte zuerst ein bisschen unschlüssig, ergriff aber dann das Wort.

»Also … erst Mal hallo!« Sie lächelte. Es war ein sympathisches Lächeln. Jana wunderte sich, wie man so viele Sommersprossen haben konnte. »Alles ist hier noch völlig neu für uns, und ich glaube, in unserem Land … äh … in unserem *Bundes*land haben wir auch einen ganz anderen Stoff gehabt.«

»Ich wohne bei Elenas Familie«, sagte Miranda. »Die Bredovs haben mich aufgenommen, seit meine Eltern … verunglückt sind. Ich bin sehr dankbar, dass ich auf diese Weise wieder eine Familie habe.« Sie blickte Elena an. »Wir sind so etwas wie Schwestern.«

»Und beste Freundinnen!«, bekräftigte Elena.

Nele stieß Jana in die Seite. »Irgendwie wirken die beiden komisch, findest du nicht?«

Jana zuckte die Achseln. Miranda tat ihr leid. Jana fand es schon schlimm, dass ihre Eltern geschieden waren und sie ihren Vater nur ab und zu sehen konnte. Aber es musste noch schlimmer sein, wenn beide Eltern tot waren. Das wollte sie sich lieber gar nicht erst vorstellen.

»Ich hoffe, es macht euch nichts aus, wenn ihr nicht nebeneinandersitzen könnt«, sagte Frau Treller. »Elena, du bist sehr groß. Am besten setzt du dich nach hinten neben Mark. Oder hast du Probleme mit den Augen, dass du nicht gut zur Tafel sehen kannst?«

Elena schüttelte den Kopf. »Falls ich etwas nicht lesen kann, dann zoome ich die Schrift einfach heran.«

Sie sagte es ganz ernsthaft, und als die Klasse zu lachen begann, wurde sie rot.

»Das war natürlich ein Scherz«, meinte Elena, strich ihre Locken zurück und ließ sich neben Mark auf den Stuhl fallen.

»Miranda, du setzt dich neben Anna«, sagte Frau Treller.

Miranda nickte, nahm in der ersten Reihe Platz und begann, ihre Sachen auszupacken. Jana sah genau, wie sie ihr Mäppchen öffnete und einen Schwung Stifte ergriff. Dann ließ Miranda sie aus der Hand rollen. Die Stifte bildeten eine exakte Reihe, der Farbe nach geordnet.

Jana zog die Luft ein. Unglaublich! War das Zufall oder ein lange geübter Trick? Nele neben ihr schien nichts bemerkt zu haben. Miranda drehte sich nach Elena um und zwinkerte ihr zu.

Elena, die eine Reihe hinter Jana saß, öffnete ihr Schlampermäppchen und griff nach den Stiften. Jana hätte schwören können, dass sie schon zu derselben Bewegung wie Miranda ansetzte, aber dann hielt Elena inne. Sie ließ die Stifte los und legte rasch ihre Hand darauf, als wollte sie eine ordentliche Reihe absichtlich verhindern. Als sie die Hand wegnahm, bildeten die Stifte ein wildes Durcheinander. Zwei Buntstifte rollten über den Tisch, und Mark fing sie geistesgegenwärtig auf, bevor sie auf den Boden fallen konnten.

»Danke.« Elena lächelte ihn an.

Warum hat sie das gemacht, grübelte Jana. Ich wette, sie kann den gleichen Trick wie ihre Cousine, aber sie will ihn nicht vorführen. Schon seltsam …

Frau Treller begann mit dem Englischunterricht. Zurzeit beschäftigte sich die Klasse mit dem Schulsystem in Australien.

Jana konnte sich nur schwer konzentrieren. Ihre Gedanken schweiften ab, als Frau Treller ein Schaubild an die Tafel zeichnete. Englisch fiel Jana sowieso ziemlich leicht, denn ihre Mutter war Englischlehrerin und unterrichtete an einem anderen Gymnasium. Jana hatte die Sprachbegabung von ihr geerbt und brauchte sich Vokabeln höchstens zweimal durchzulesen, dann saßen die Wörter für immer und ewig.

Jetzt dachte Jana an Tom und wie sie in der Pause auf ihn zugehen würde. Bei der Vorstellung bekam sie wieder Herzklopfen. Hoffentlich würde alles gut gehen und sie würde nicht nur dumm rumstottern. Und hoffentlich würde Tom sie nicht als aufdringlich empfinden …

»Jana!«, flüsterte Nele plötzlich. »Hast du das eben gesehen?«

»Was denn?«, wisperte Jana zurück.

»Wie die Neue ihren Bleistift gespitzt hat.«

»Ich hab nicht hingeguckt.«

»Sie hat dazu ihre Fingernägel verwendet.« Nele schüttelte den Kopf. »Die müssen messerscharf sein, wenn das funktioniert.«

Jana sagte nichts dazu, aber sie behielt Miranda jetzt scharf im Blick. Das blonde Mädchen lehnte sich zurück und lauschte konzentriert, was Frau Treller erklärte. Dann wanderte ihre Hand in Richtung Schultasche, an der nichts Ungewöhnliches war und die genauso aussah wie viele andere Schultaschen. Doch ohne dass Miranda die Tasche berührt hatte, klappte die Lasche zurück, und Jana sah, wie Miranda eine Trinkflasche in die Hand sprang. Miranda führte die Flasche zum Mund und trank, als sei eine hüpfende Flasche das Normalste der Welt.

Nele hatte den Vorfall auch beobachtet. Die beiden Freundinnen starrten sich an. Dann kritzelte Nele auf einen Zettel: *Wie hat sie das gemacht?*

Jana schrieb zurück: *Keine Ahnung!*

Nele: *War das ein Trick oder echt?*

Jana: *Wenn das ein Trick war, dann war er gut!*

Nele: *Und wenn nicht, was war es dann?*

Jana: *Weiß nicht. Magie???*

Nele kritzelte: *Gibt es überhaupt Magie?*

Damit war der Zettel voll. Jana zerknüllte ihn in der Hand und versteckte ihn unter der Bank. Magie. Erst gestern hatten sie über Hexerei gesprochen …

Irgendetwas stimmte mit den beiden neuen Mädchen nicht. Sie waren *anders*, das konnte Jana förmlich spüren. Es lag nicht daran, dass sie aus einer fremden Gegend stammten. William, der in der zweiten Reihe saß, stammte aus Ghana, und obwohl seine Haut dunkel war, hatte Jana bei ihm nie so ein Gefühl gehabt wie jetzt bei den beiden Mädchen. Vielleicht waren die Neuen *Aliens*, die Menschengestalt angenommen hatten … Gleich darauf verwarf Jana diesen Gedanken. Was für ein Unsinn! Sie hatte wahrscheinlich zu viele Science-Fiction-Filme gesehen …

Als sich Jana umdrehte, blickte sie direkt in Elenas grüne Augen. Sie befürchtete plötzlich, Elena könnte lesen, welche Überlegungen ihr gerade durch den Kopf gingen. Die Röte schoss ihr ins Gesicht und sie lächelte Elena verlegen an. Elena lächelte zurück – ein durch und durch menschliches Lächeln. Jana war verwirrt.

»Jana, please …« Das war Frau Trellers Stimme.

Verflixt, jetzt wurde sie aufgerufen! Die Lehrerin forderte Jana auf, das australische Schulsystem kurz zu erklären, in Englisch natürlich. Jana orientierte sich an dem Tafelbild und stotterte mühsam ein paar Sätze zusammen. Frau Treller nickte zufrieden. Danach kam Anna an die Reihe.

Janas Blick kehrte zu Miranda zurück. Die Trinkflasche steckte inzwischen wieder im Rucksack, die Lasche war geschlossen. Alles wirkte völlig normal.

Habe ich mir das alles nur eingebildet?, überlegte Jana. Aber Nele hat es doch auch gesehen …

In der ersten Pause versammelten sich ein paar Mädchen um die beiden Neuen und wollten wissen, woher sie kamen. Elena nannte einen kleinen Ort in Süddeutschland, von dem Jana noch nie gehört hatte.

»Hast du noch Geschwister?«, fragte Nele.

»Ja, einen Bruder und eine Schwester«, antwortete Elena. »Rufus ist vier und Daphne fünfzehn.«

»Ist deine Schwester auch hier an der Schule?«

»Ja. Meine Großmutter hat uns drei heute Morgen mit dem Auto hergebracht. Sie holt uns auch wieder ab, wir wohnen nämlich etwas weiter draußen.« Elena nannte die Adresse.

Nobelgegend, dachte Jana. Die müssen Geld wie Heu haben, wenn sie es sich leisten können, dort zu wohnen.

Sie fand es schon fast ein bisschen peinlich, wie Nele die beiden aushorchte.

»Habt ihr Haustiere?«

»Nein«, sagte Elena sofort.

»Doch«, widersprach Miranda. »Einen Grünen Leguan.«

»Ach so.« Elena lachte. »Hab ich vergessen.«

»Und Koi-Karpfen«, fügte Miranda hinzu. »Aber die leben im Gartenteich.«

»Klar«, sagte Nele. »Könnt ihr sie auch streicheln?«

»Streicheln?« Miranda sah Elena fragend an. »Kann man Fische streicheln?«

»Keine Ahnung.« Elena zuckte die Achseln.

»Hört mal …« Nele lachte.

»Ihr habt so wertvolle Fische wie Kois und kennt euch nicht damit aus?«

»Sie sind neu«, sagte Elena. »Unser *Hexil*... äh ... unser Bekannter hat alles für uns arrangiert. Ich hab mich noch nicht mit den Kois beschäftigt, wir hatten genug mit dem Umzug zu tun.«

»Und welche Hobbys habt ihr?«, fragte Nele. »Macht ihr Leichtathletik oder spielt ihr Volleyball oder Klavier?«

»Also, ich beschäftige mich seit Kurzem mit *Metamorphose*«, antwortete Miranda, biss sich aber gleich auf die Lippen und berichtigte sich. »Äh ... mit *Metaphysik* ...«

In diesem Moment klingelte es und die Pause war zu Ende. Die Mädchen kehrten ins Klassenzimmer zurück. Nele hielt Jana am Ärmel fest und ließ die anderen vorausgehen.

»Was hältst du von denen? Deine ehrliche Meinung!«

Jana zuckte die Achseln. Sie sagte auch nicht, dass sie es fast unangenehm gefunden hatte, wie Nele die beiden ausgefragt hatte.

»Einen Leguan als Haustier.« Nele schnaubte. »Erst haben sie kein Haustier und dann plötzlich einen Leguan. Und Koi-Karpfen, die bestimmt keine Fische für Anfänger sind. Weißt du, was ich glaube? Die machen uns was vor!«

»Das Gefühl hab ich auch«, murmelte Jana. »Du hast ja vorhin gesehen, was mit Mirandas Trinkflasche passiert ist.«

»Genau. Und dass sich Miranda für Metaphysik interessiert, glaub ich auch nicht. Was ist das überhaupt?«

»So eine Art Philosophie. Die letzten Fragen, warum alles einen Sinn ergibt und so.«

Nele zog die Augenbrauen hoch. »Toll, was du alles weißt. Aber zuerst hat Miranda *Metamorphose* gesagt. Was ist das?«

»Keine Ahnung, aber ich werde den Begriff nachschlagen.«

»Und warum konnte die Flasche *schweben*? Oder haben mich da meine Augen getäuscht?«

»Vielleicht hat sie im Rucksack eine Sprungfeder und der Mechanismus wurde irgendwie ausgelöst ...« Jana vermied es, an Magie zu denken.

»Ach Quatsch, Miranda hat den gleichen Rucksack wie ich, und so einen Luxus hat der Hersteller leider nicht eingebaut.« Nele grinste. »Wär ja mal eine Anregung.« Sie wurde wieder ernst. »Aber wir werden noch hinter ihr Geheimnis kommen, verlass dich drauf. – Du hast übrigens noch was vergessen.«

»Was denn?« Jana war irritiert.

»Na, du hast mir doch gestern hoch und heilig versprochen, dass du heute in der ersten Pause Tom anquatschen willst.«

»Ach so ...« Jana lächelte. An Tom hatte sie seit mindestens einer Viertelstunde nicht mehr gedacht – was fast einem Wunder gleichkam, denn sonst war er Dauergast in ihrem Kopf.

»Du machst es in der zweiten Pause?« Nele sah Jana herausfordernd an.

»Oder willst du schon wieder kneifen?«

Jana gab sich einen Ruck. »Nein, ich werde nicht kneifen«, sagte sie entschlossen.

In den beiden nachfolgenden Schulstunden benahmen sich Elena und Miranda völlig unauffällig, sodass sich Jana schon fragte, ob sie und Nele die beiden nicht zu Unrecht verdächtigt hatten. Dann schob sie diesen Gedanken beiseite und versuchte sich darauf zu konzentrieren, was sie zu Tom sagen sollte. Wie sollte sie ihn ansprechen? Mit »Hi?« Oder mit »Hallo, Tom?«. Und dann? »Du, ich bin ein Fan von eurem Fußballverein …«

Eigentlich log sie nicht gerne. Aber Nele hatte recht, mit Tricks kam man manchmal schneller weiter. Und Jana wünschte sich so sehr, dass Tom endlich auf sie aufmerksam wurde. In ihren Träumen ging sie mit ihm Hand in Hand im Mondschein spazieren oder sie kuschelten sich im Kinosaal aneinander. Es war das erste Mal, dass Jana sich verliebt hatte, und sie staunte immer wieder, mit welcher Wucht es sie getroffen hatte. Manchmal hatte sie den Eindruck, dass sich ihr Verstand vollkommen verabschiedet hatte … Warum machte es sie so unglücklich, wenn er wieder dicht an ihr vorbeigegangen war, ohne sie mit seinem Blick zu streifen? Sie hatte deswegen sogar schon geheult, heimlich. Aber das hatte sie nicht einmal Nele erzählt, mit der sie sonst alle Geheimnisse teilte.

Was kann ich schon verlieren, wenn ich ihn anspreche?, dachte Jana und wiederholte innerlich die Worte, die Nele ihr eingetrichtert hatte. *Wenn ich abblitze, bin ich nur da, wo ich jetzt bin. Eigentlich kann ich nur gewinnen.*

Trotzdem hatte sie schreckliche Angst, sich zu blamieren. Und wenn er doof reagierte, dann konnte sie nicht einmal mehr von ihm träumen …

Als es zur zweiten Pause läutete, wäre Jana am liebsten aufs Klo verschwunden. Doch Nele blickte sie auffordernd an.

»Ja, okay«, sagte Jana gedehnt. »Ich mach es ja …«

Sie verließen das Klassenzimmer. Auf dem Schulhof hielt Jana Ausschau nach Tom. Sie hoffte fast, ihn *nicht* zu sehen. Gleich darauf ärgerte sie sich wegen ihrer Feigheit. Warum konnte sie nicht so locker sein wie Nele?

Tom stand nahe beim Schultor, zusammen mit seinen Freunden. Janas Herz klopfte wild, als sie sich bei Nele unterhakte und quer über den Schulhof spazierte. Dann ließ Nele sie los.

»Also – viel Glück, Jana!«

Es gab kein Zurück mehr. Janas Beine fühlten sich wie Pudding an. Schritt für Schritt näherte sie sich den Jungs. Noch nie war ihr ein Weg so schwer vorgekommen. Ein paar Jungs starrten ihr schon entgegen. Tom hatte sie noch nicht bemerkt. Aus den Augenwinkeln nahm Jana wahr, dass Elena und Miranda ein Stück entfernt am Zaun lehnten.

Dann löste sich Tom auf einmal aus der Gruppe und kam auf Jana zu. Er hatte eine leere Flasche in der Hand, die er offenbar zurückbringen wollte. Jana überlief es siedend heiß. Jetzt!

»He, Tom!«

Er war schon fast an Jana vorbei, stoppte und sah sie irritiert an.

»Gratuliere«, krächzte Jana, die keine Ahnung hatte, was plötzlich mit ihrer Stimme los war. »Ich meine … zu eurem Sieg … äh … euer Fußballverein … tolles Spiel …«

Tom starrte sie an, als hätte sie nicht mehr alle Tassen im Schrank. Genauso fühlte sich Jana auch in diesem Augenblick.

»Sag mal, bist du bescheuert? Welcher Sieg denn? Wir haben am Wochenende haushoch verloren. Machst du dich über uns lustig?«

Jana wurde knallrot. »Das wusste ich nicht … äh … das heißt, ich dachte …« Ihr fiel nichts mehr ein, was sie sagen konnte. Neles Rat war zwar gut gemeint, aber gerade heute absolut falsch. Hatte Nele nicht gesagt, dass seine Mannschaft sonst immer gewinnt?!

Tom baute sich vor ihr auf, er sah wütend aus. »Du findest es wahrscheinlich noch witzig, wie uns die anderen platt gemacht haben!«

Jana schüttelte den Kopf. In ihrem Hirn herrschte absolute Leere. »Nein, ich finde es toll, dass du Fußball spielst«, flüsterte sie und sah zu Boden, weil sie seinen zornigen Blick nicht mehr ertrug.

Inzwischen hatten einige seiner Kumpels mitbekommen, dass Tom sich aufregte, und zwei Jungs schlenderten herbei, die Hände in den Taschen.

»He, was gibt's?«, fragte einer.

»Sie macht sich lustig, weil wir am Samstag verloren haben«, antwortete Tom.

»Nein«, protestierte Jana. »Das stimmt gar nicht, es ist ganz anders, ich … ich wollte nur mit Tom reden, weil …«

»Weil?« Tom zog die Augenbrauen hoch.

Jana schluckte. »Nur reden …«, sagte sie. »Einfach so.« Am liebsten wäre sie im Erdboden versunken.

»Ich kenn dich doch gar nicht«, meinte Tom.

»Wenn du nichts von Fußball verstehst, dann hältst du in Zukunft besser die Klappe«, zischte der dickere seiner Freunde, ein bulliger Typ, und trat drohend auf Jana zu.

»Genau«, sagte der andere und fasste Jana am Arm. »Einfach Maul halten. Und jetzt stör uns nicht weiter!«

Er gab ihr einen Schubs, dass sie stolperte.

In diesem Moment geschah es.

Miranda und Elena spazierten an ihnen vorbei. Jana sah, dass Miranda den Arm ausstreckte und mit ihrer Hand eine rasche Drehung vollführte, so als wollte sie etwas in die Luft zeichnen.

**Mirandas Zauberspruch:**

»Arrogant und blöd und dumm?
Schubst auch noch die andern rum?
Pass nur auf, was ich gleich mache!
Fürchte dich vor meiner Rache!«

Der Junge, der Jana geschubst hatte, hielt plötzlich seine Hose fest und drehte sich verzweifelt im Kreis. Die Naht war hinten in der Mitte aufgeplatzt, und die Jeans klaffte auseinander, sodass jeder die gemusterten Boxershorts sah.

»He, äh … was … warum …«, stammelte der Junge.

Miranda grinste. Sie bewegte wieder leicht ihre Hand, und der bullige Typ musste auf einmal mit seinen Haaren kämpfen, die ihm regelrecht im Gesicht festklebten.

»Verdammter Mist!«

Miranda lächelte Jana an, hakte sich bei Elena ein und ging mit ihr weiter.

Tom sah zu seinen beiden Freunden, dann wieder zu Jana.

»Was hast du gemacht?«, fuhr er sie an.

»Ich hab gar nichts gemacht«, fauchte sie zurück. »Du hast es doch gesehen oder bist du neuerdings blind? Du solltest vielleicht mal zum Augenarzt, dann würdest du auch besser die Bälle treffen!«

Tom schaute Jana fassungslos an.

Sie war genauso fassungslos. Hatte sie das wirklich zu ihm gesagt? Sie atmete tief durch, drehte sich um und ließ ihn stehen.

»He, warte«, rief er hinter ihr her. »Wie heißt du überhaupt?«

Sie reagierte nicht, sondern ging zu Nele, die in einiger Entfernung gewartet hatte.

»Cool«, sagte sie nur.

»Hast du das gesehen?«, fragte Jana atemlos.

Nele nickte. »Du warst gut«, sagte sie. »Du hast es Tom gegeben. Daran hat er zu knabbern, wetten?«

»Ich weiß nicht.« Jana war unschlüssig. Einerseits war sie stolz, dass sie richtig schlagfertig gewesen war. Andererseits hatte sie das alles gar nicht zu Tom sagen wollen. Sie war doch verliebt in ihn! Aber er war ja auch ziemlich gemein gewesen …

»Wirklich cool«, wiederholte Nele. »Hätte ich nicht von dir gedacht, echt nicht! Und wie dem anderen Kerl zufällig gerade jetzt die Jeans geplatzt ist, war super. Perfektes Timing!«

»Das war kein Zufall«, stellte Jana richtig. »Miranda hat ihre Finger bewegt, und da ist die Naht gerissen.«

»Bist du sicher?«

»Ganz sicher.« Jana erinnerte sich an Mirandas verschwörerisches Lächeln. Das konnte kein Zufall gewesen sein!

»Aber wie hat sie das gemacht?«, wollte Nele wissen.

Das fragte sich Jana auch. »Vielleicht Telekinese?«

»Was ist das?«

»Wenn man Gegenstände mit Gedankenkraft bewegen kann. Aber soviel ich weiß, sind sich die Wissenschaftler nicht einig, ob es so was tatsächlich gibt.« Jana runzelte die Stirn. »Die schwebende Flasche würde dazupassen ... und auch die Stifte ...« Sie nahm sich vor, alles über Telekinese nachzulesen. Heute Nachmittag würde sie in die Bücherei gehen und nachsehen, ob es Bücher zu dem Thema gab. Und den Begriff *Metamorphose* musste sie auch nachschlagen ...

»Tom guckt übrigens die ganze Zeit zu uns rüber.« Nele kicherte leise.

Jana traute sich nicht, sich umzudrehen. »Wirklich?«

»Ja, ehrlich. Ich wüsste zu gerne, was jetzt in seinem Kopf vorgeht.«

»Er wird mich hassen«, sagte Jana überzeugt. »Und zwar abgrundtief. Ich hab's vergeigt. Dein Tipp mit dem Fußball war leider bescheuert.«

»Tut mir leid«, murmelte Nele. »Ich konnte nicht ahnen, dass sie ausgerechnet dieses Wochenende verlieren. Sonst gewinnen sie meistens.«

»Und flirten kann ich auch nicht«, stellte Jana niedergeschlagen fest. »Ich konnte überhaupt nicht lächeln. Mein Gesicht war vor lauter Aufregung total steif.«

Es läutete zum Ende der Pause und sie gingen ins Klassenzimmer zurück.

# Je voller der Mond, desto stärker der Zauber!

Meinst du, die anderen haben Verdacht geschöpft?«, fragte Elena, als sie und Miranda vor dem Schultor auf Mona warteten, die sie mit dem Auto abholen wollte.

»Die meisten haben wahrscheinlich nicht gecheckt, dass wir anders sind«, antwortete Miranda. »Aber die beiden Mädchen, die vor dir sitzen, hatten uns ständig im Blick. Vielleicht war es ein Fehler, dass ich der Blonden in der Pause ein bisschen geholfen habe, aber dieses Machogehabe der Jungs habe ich einfach nicht ertragen. Der eine musste unbedingt einen Dämpfer kriegen, das konnte ich mir nicht verkneifen.« Sie kicherte.

Elena lächelte auch, als sie an die geplatzte Hose dachte. Der Junge hatte ein ziemlich dummes Gesicht gemacht. Aber es war unvorsichtig von Miranda gewesen, so offen Zauberei einzusetzen.

»Und wenn die Blonde uns verpetzt?«

»Das glaube ich nicht.« Miranda schüttelte den Kopf. »Für Menschen ist Magie nichts Selbstverständliches. Sicher macht sich die Blonde jetzt ein paar Gedanken, aber ich denke nicht, dass sie für uns gefährlich wird.«

»Aber es gab doch Hetzjagden auf Hexen«, wandte Elena ein, die nicht verstehen konnte, dass Miranda so ruhig blieb.

»Das ist schon Jahrhunderte her«, erwiderte Miranda. »Heute schwören die Menschen auf ihre Technik.«

Wie zur Bestätigung hielt dicht vor ihnen ein Wagen mit quietschenden Reifen. Es war Mona. Sie öffnete die Beifahrertür und lächelte die beiden Mädchen an.

»Einsteigen, meine Lieben. Das Taxi ist da.«

Miranda und Elena wechselten einen Blick. Miranda stieg hinten ein, während sich Elena auf den Beifahrersitz setzte. Elena hatte kaum die Tür geschlossen, als ihre Großmutter schon losfuhr. Der Wagen machte einen Satz nach vorne und Elena wäre fast mit ihrer Stirn gegen die Windschutzscheibe geprallt.

»Anschnallen, ihr beiden Süßen«, sagte Mona. »Ich glaube, das ist bei den Menschen Vorschrift.«

Elena angelte nach dem Sicherheitsgurt. Aber während sie noch mit dem Verschluss beschäftigt war, machte der Wagen den nächsten Hüpfer. Mona schimpfte vor sich hin, als der Motor ausging.

»Also ich frage mich wirklich, wie man so etwas Hirnrissiges bauen kann.« Sie drehte den Schlüssel im Zündschloss. Der Motor heulte auf. Der Wagen fuhr ruckartig an und blieb gleich wieder stehen. Hinter ihnen hupte es. Ein Auto überholte sie, der Fahrer kurbelte die Scheibe herunter und schrie herüber:

»Wo haben Sie denn Ihren Führerschein gemacht?«

»Den habe ich gar nicht gemacht, junger Mann«, sagte Mona freundlich. »Aber Sie sollten sich lieber um Ihre Sachen kümmern. In Ihrem Kofferraum qualmt es.«

Der Fahrer blickte sich erschrocken um, und tatsächlich stieg eine dunkle Rauchwolke aus dem Heck des Wagens empor.

Mona lachte. Dann schnippte sie mit dem Finger, und der Wagen fuhr los, ohne dass sie etwas dazu tat.

»Na also – Autopilot, das ist viel besser.« Sie lächelte Elena an, die angesichts der Fahrkünste ihrer Großmutter blass geworden war. »Das hier ist ja alles viel zu kompliziert. Drei Pedale und ständig diese Schalterei … Ich verstehe nicht, wie Aaron behaupten kann, Autofahren sei ein Kinderspiel. Ich würde jederzeit meinen Besen vorziehen.«

»Achtung, die Ampel ist rot«, rief Miranda von hinten. »Sie müssen ...«

Zu spät. Der Wagen passierte bereits die Kreuzung, links und rechts bremsten die Autos, um einen Zusammenstoß zu vermeiden. Mona ließ sich nicht aus der Ruhe bringen und nickte den aufgebrachten Fahrern zu.

»Diese Technik macht die Menschen furchtbar nervös«, sagte sie. »Seht ihr, wie sie sich aufregen? Dabei fahre ich doch ganz vorschriftsmäßig.«

Sie fuhr weiter, ohne sich im Geringsten um irgendwelche Verkehrsregeln zu kümmern. Sie nahm Radfahrern die Vorfahrt, scheuchte Leute vom Zebrastreifen und verfehlte knapp eine Parkuhr. Elena presste die Lippen zusammen. Wie durch ein Wunder passierte nichts. Sie verließen das Stadtinnere und bogen in das Viertel ab, in dem sie wohnten.

Wenige Minuten später parkte Mona auf dem Kiesweg vor dem Haus. Elena war froh, dass sie aussteigen konnte.

Jolanda öffnete die Haustür. Sie sah etwas gestresst aus, denn sie war den ganzen Vormittag damit beschäftigt gewesen, die letzten Umzugskisten auszupacken, einige fehlende

Dinge zu besorgen und ein paar Möbel hin und her zu rücken, bis sie dort standen, wo sie ihrer Meinung nach viel besser hinpassten.

Elena sah sofort, dass das Terrarium mit ihrem verwandelten Vater im Wohnzimmer wieder einen Ehrenplatz bekommen hatte. Es befand sich nun in dem kleinen Erker, in dem vorher ein runder Esstisch mit Stühlen gestanden hatte. Um das Terrarium herum hatte ihre Mutter einige große Zimmerpflanzen drapiert, sodass der Erker aussah wie ein kleiner Wintergarten. Elena fand diese Lösung sehr schön – vor allem würde Papa viel Licht haben und alles mitbekommen, was sich im Wohnzimmer abspielte.

»Aber nein!« Mona runzelte missbilligend die Stirn. »Wieso hast du diesen hässlichen Kasten wieder heruntergeholt? In der Abstellkammer neben dem Badezimmer war doch genug Platz!«

»Weil sich in diesem hässlichen Kasten zufällig mein Mann befindet«, antwortete Jolanda und ihre Augen blitzten.

»Dein *Mann*«, wiederholte Mona spöttisch, und Elena ahnte, dass es jetzt gleich wieder eine Auseinandersetzung zwischen ihrer Mutter und ihrer Großmutter geben würde. »Dein *Mann*, der überhaupt nicht mehr weiß, dass er je dein Mann gewesen ist, und der jetzt grünen Salat und roten Paprika viel mehr liebt als dich.«

»Du bist gemein, Mutter«, sagte Jolanda.

»Nicht gemein. Nur realistisch.« Mona näherte sich mit energischen Schritten dem Terrarium und klopfte an die Scheibe. Der Leguan reagierte überhaupt nicht, er saß auf dem Sand wie ausgestopft. »Hör zu, du erbärmliches Männchen, deinetwegen sind wir jetzt im HEXIL, weil es unsere einzige Chance ist, unsere gesellschaftliche Stellung wiederzuerlangen. Das ist ganz allein deine Schuld. Wenn es nach mir ginge, hätte ich dich längst in die Tiefkühltruhe gesteckt. Aber ich werde nicht zulassen, dass du uns auch noch unser weiteres Leben verdirbst, du schuppiger Wicht!«

»Lass sofort Leon in Ruhe«, rief Jolanda empört und warf ihrer Mutter einen wütenden Blick zu.

Mona richtete sich auf. »Was hast du jetzt vor, Jolanda? Wie sieht dein Lebensplan aus? Willst du die nächsten fünf Jahre etwa wie eine Nonne leben und Löwenzahn rupfen für so eine erbärmliche Echse? Oder willst du eine Frau sein und dein Leben genießen? Sieh endlich ein, dass sich diese grüne Kröte niemals in einen Mann zurückverwandeln wird! Du vergeudest nur deine Zeit!«

Jolanda schluckte. Auch Elena hatte einen Kloß im Hals, denn ihre Großmutter hatte ausgesprochen, was sie heimlich befürchtete: dass ihr Vater nie mehr seine richtige Gestalt wiederbekommen würde. Das war Elenas größte Angst und vermutlich auch die ihrer Mutter. Die Verwandlung war *unbefristet*, und niemand wusste, welchen Zeitraum man sich darunter vorstellen sollte.

»Eines Tages wird man feststellen, dass Leon unschuldig ist«, behauptete Jolanda. »Vielleicht wird er auch begnadigt werden, wenn unser HEXIL abgelaufen ist. Er wird sich in meinen Mann zurückverwandeln, da bin ich sicher. Hör endlich auf, etwas anderes zu sagen, Mutter!«

»Ach, Jolanda, da lügst du dir wirklich etwas vor!« Mona lachte trocken auf. »Mach dich endlich mit dem Gedanken vertraut, dass dein *Mann* für immer so bleibt, wie er jetzt gerade ist. Finde dich damit ab! Schau nach vorne! Wenn du dir etwas Mühe gibst, bist du eine attraktive Frau und etliche Männer werden dich …«

»Mutter!«

»Unterbrich mich nicht immer!«, sagte Mona ungeduldig. »Etliche Männer werden dich begehrenswert finden, falls du dich anstrengst und endlich deine unmögliche Frisur änderst. Du musst mit anderen Männern ausgehen, allein schon wegen deiner Arbeit. Wie willst du wissen, wie menschliche Männer sich verhalten, wenn nicht aus eigener Erfahrung?«

*Auszug aus dem Buch »Vom Umgang mit Menschen« von Adrian Freitag Zwigge:*

## Der Menschenmann

*Er hasst Klatsch und Tratsch. Noch schlimmer ist das Genörgel seiner Frau. (Vergessen wir nicht: Menschenmänner können keinen Schweigezauber verhängen!)*

*Er verabscheut es, wenn seine Ehefrau nicht mit Geld umgehen kann, ihre hausfraulichen Pflichten vernachlässigt oder ihrem Mann ständig widerspricht. Der Menschenmann wünscht sich ein sanftes, hingebungsvolles Wesen, das ihn bewundert und sich ihm unterordnet. Manchmal ist es nötig, dass er ein Machtwort spricht, wenn seine Frau nicht begreift, welche Bedürfnisse er hat.*

*Wenn er müde von der Arbeit kommt, ist es wichtig, dass sie ihm seine Ruhe lässt, ihn nicht mit unwichtigen Kleinigkeiten belästigt oder ihm ständig die Ohren vollplappert, was die Kinder am Tag angestellt haben.*

*Er kann es auch nicht leiden, wenn sie nicht mit dem Geld auskommt, das er ihr zur Verfügung gestellt hat. Menschen-*

*frauen neigen nämlich von Natur aus zur Verschwendungssucht!*

*Putzen und Kochen liegen dem Menschenmann nicht, obwohl es vereinzelt hervorragende Köche unter den Männern gibt. Der Menschenmann verfügt über einen ausgezeichneten Geschmackssinn. Deswegen liebt er es, wenn die Frau ihn mit ausgefallenen Rezepten verwöhnt – oder mit Mahlzeiten, die er von seiner Mutter her gewohnt ist.*

*Der Menschenmann ist besonders von Technik angetan, wofür die Frau oft keinerlei Verständnis zeigt.*

»Erinnere dich bitte, dass wir im HEXIL sind, um die Forschungen über die Menschen auf den neuesten Stand zu bringen. Ob der Zwigge noch so aktuell ist, wissen wir nicht und glaube ich kaum. Vermutlich hat sich bei den Menschen einiges geändert. Vielleicht haben sich auch die Männer geändert! Deswegen müssen wir Feldforschung betreiben, und das bedeutet Studien am lebenden Objekt!«

»Ich weiß, dass *du* solche Studien liebend gerne betreiben wirst«, entgegnete Jolanda anzüglich.

»Ja, ich bin schließlich eine lebenslustige Hexe, die ihre Kräfte einsetzt und ihre Chancen zu nutzen weiß«, sagte Mona. »Außerdem macht es mir Spaß. Wir Bredovs sind von Natur aus genießerisch und wissen, was wir wollen. Ich verstehe nicht, dass du so aus der Art geschlagen bist.«

»Vielen Dank, Mutter«, sagte Jolanda kühl. »Es ist sehr nett von dir, mich ständig darauf hinzuweisen, dass ich deine Erwartungen nicht erfülle.«

»Ich will doch nur dein Bestes, Kindchen!«

»Du willst vor allem, dass ich tue, was du mir sagst!«

Jolanda und Mona hätten sich noch weiter gestritten, wäre in diesem Augenblick nicht Daphne die Treppe heruntergekommen. Sie hatte schon früher Schulschluss gehabt.

»Was ist mit Mittagessen?«, fragte sie. »Oder ist das in der Menschenwelt nicht üblich? Ich habe heute in der Schule eine Zeitschrift erwischt. Die Menschen machen sich schrecklich viele Gedanken darum, was sie alles *nicht* essen.«

»Dummes Zeug!«, murmelte Mona. »Zwigge schreibt da etwas ganz anderes. *Liebe geht durch den Magen*, heißt es bei den Menschen. Sie essen so gerne wie wir.«

»Tun sie nicht«, widersprach Daphne. »Ich kann dir die Zeitschrift zeigen ...«

»Ich werde uns schnell eine Mahlzeit zaubern«, sagte Jolanda. Sie verschwand in Richtung Küche, sichtlich froh, dass sie auf diese Weise einer weiteren Diskussion mit ihrer Mutter entgehen konnte.

Daphne ließ sich auf die Couch fallen und schnappte sich die Fernbedienung. Der Fernseher ging an und Daphne zappte ohne großes Interesse durch die Programme.

Miranda sah interessiert zu, wie Daphne die Knöpfe drückte und sich dann jeweils ein anderer Sender einstellte. »Die Menschen versuchen wirklich, Magie nachzuahmen«, murmelte sie. Dann streckte sie den Zeigefinger aus, bewegte die Kuppe, und auf dem Bildschirm erschien ein weiterer Sender, allerdings in arabischer Sprache. Miranda lächelte. Sie bewegte ihren Finger wieder, und diesmal war das Programm auf Chinesisch.

»Jetzt lass doch mal«, fauchte Daphne. »Ich will sehen, was die Menschen sich so angucken. Sie verbringen viele Stunden vor diesem Gerät, also muss es enorm wichtig sein, was da gezeigt wird.«

»Ist Papa schon gefüttert worden?«, fragte Elena, aber Mona gab ihr keine Antwort, sondern starrte geistesabwesend zum Fenster hinaus in den Garten.

Elena trat an das Terrarium. Die Futterschale war leer. Elena fand, dass der Leguan irgendwie traurig dreinschaute. Gefiel es ihm nicht in der Menschenwelt? Oder hatte er doch verstanden, worüber sich Mona und Jolanda gestritten hatten?

»Papa«, flüsterte Elena und klopfte leise mit dem Zeigefinger an die Scheibe, um den Leguan auf sich aufmerksam zu machen. »Ich bin's, Elena, deine Tochter. Verstehst du mich?«

Der Leguan drehte fast unmerklich den Kopf.

»Ich bin's, Papa«, wiederholte Elena und nickte ein paar Mal, wie es der Leguan immer machte. »Ich werde jetzt gleich in den Garten gehen und dir ein wunderbares Fressi-Fressi holen. Aber jetzt darfst du dich nicht mehr über das ärgern, was Oma gesagt hat, ja? Sie meint es nicht so.«

Elena hatte gedacht, dass Mona sie nicht gehört hatte, aber die Großmutter hatte ganz ausgezeichnete Ohren.

»Doch, ich meine es so«, sagte sie. »Und ich wünschte, es käme eine große Katze, denn so ein Leguan ist auch ein wunderbares Fressi-Fressi …«

»Du bist echt gemein, Oma!«, sagte Elena und stampfte mit dem Fuß auf.

Der Leguan nickte.

»Siehst du, das sagt Papa auch«, erklärte Elena triumphierend. »Er versteht jedes Wort!«

»Selbst wenn«, sagte Mona. »Das ist mir völlig egal.« Sie trat hinaus auf die Terrasse und steckte sich einen ihrer Lieblings-Zigarillos an.

Auf der Suche nach saftigen Löwenzahnblättern streifte Elena durch den Garten. Sie blieb am Rand des Teichs stehen und betrachtete die Koi-Karpfen, die erst neugierig herbeischwammen und dann wieder abdrehten. Elena erinnerte sich daran, was das Mädchen mit den kurzen schwarzen Haaren über Kois gesagt hatte. Wie war noch der Name gewesen? Nadja? Jetzt fiel es ihr wieder ein: Nele. Und das andere Mädchen, das den Jungen angesprochen hatte, hieß Jana …

Die beiden waren offenbar dicke Freundinnen, wobei Nele den Ton anzugeben schien. Die Blonde war stiller, aber die schärfere Beobachterin … Jana und Nele schienen echt nett zu sein.

Elena hatte schon oft darüber nachgedacht, ob sie und Miranda in der Menschenwelt Freundinnen finden würden. Ging das überhaupt – Hexen und Menschen? Mona behauptete, Elena und Miranda müssten Kontakt finden, schon allein wegen des Forschungsberichts über menschliches Verhalten. Aber das war ja eine ganz andere Sache als eine richtige, echte Freundschaft …

Elena seufzte, während sie weiter nach Löwenzahnblättern Ausschau hielt. Es war gar nicht so einfach, welche zu finden; der Garten war sehr gepflegt, und Löwenzahn galt bei den Menschen als Unkraut. Ein Gärtner hatte den Garten noch kurz vor der Ankunft der Hexenfamilie in Ordnung gebracht.

Zwischen einer Blutjohannisbeere und einem Holunderstrauch wurde Elena schließlich fündig. Zwei dicke Löwenzahnbüschel hatte der Gärtner dort übersehen. Elena bückte sich und pflückte die Blätter ab. Sie waren groß und saftig. Darüber würde sich ihr Vater bestimmt freuen. Und dank

Omas grünem Daumen würde das Unkraut im Garten sicher bald wieder üppig wuchern …

»Elena!«

Das war Jolandas Stimme. Die Mutter hatte das Küchenfenster geöffnet und winkte Elena heran.

»Was gibt's, Mama?«

»Kannst du Rufus aus dem Kindergarten abholen? Ich kann hier gerade nicht weg, sonst kochen mir die Kartoffeln über. Außerdem muss ich noch die Grüne Soße fertig machen!«

## Rezept: Grüne Soße

Es sollen 7 bis 9 Kräutersorten sein:

- Petersilie, Schnittlauch, Kerbel, Sauerampfer, Dill, Borretsch, Estragon, Kresse, Liebstöckel und Zitronenmelisse
- 2 Zwiebeln, 4 hart gekochte Eier, 1 Esslöffel Essig, 2 Esslöffel Öl, 250 g Schmand oder saure Sahne, 150 g Joghurt
- 1 Prise Zucker, Salz, Pfeffer

Alle Kräuter waschen, gut trocknen und von den Stielen zupfen. Den Schnittlauch klein schneiden, die anderen Kräuter hacken.
Die Zwiebeln pellen und klein würfeln. Alles mit Schmand oder saurer Sahne und Joghurt verrühren. Soße mit Salz und Pfeffer abschmecken und zugedeckt 1 Stunde kühl stellen. Die Eier grob hacken, mit der Soße verrühren, mit Salz, Pfeffer und eventuell Zucker abschmecken. Noch eine Viertelstunde ziehen lassen. Passt sehr gut zu Pellkartoffeln!

»Der Kindergarten ist nur drei Straßen weiter, ein rotes, großes Gebäude, das kannst du gar nicht übersehen.«

Elena zögerte. In der Hexenwelt hatte sie ihren Bruder schon oft vom Kindergarten abgeholt, das hatte ihr gar nichts ausgemacht, im Gegenteil. Rufus hatte immer viel Spaß, wenn sie gemeinsam auf einem Besen flogen. Aber hier? Das Abholen an sich war sicher kein Problem; Elena hoffte nur, dass sie im Umgang mit Menschen sicher genug war.

Jolanda schien ihre Bedenken zu ahnen. »Du kannst ja Miranda mitnehmen«, schlug sie vor. »Oder soll Oma euch fahren?«

Elena dachte an die halsbrecherische Fahrt, die sie vorhin erlebt hatte, und schüttelte den Kopf. »Ich gehe mit Miranda«, sagte sie. »Aber vorher bringe ich Papa Futter.«

»Tu das«, sagte Jolanda. »Und beeilt euch dann; das Essen ist in ungefähr einer Viertelstunde fertig.« Sie machte das Fenster zu.

Elena ging ins Wohnzimmer zurück und legte die Löwenzahnblätter in die Futterschale. Der Leguan fiel gleich darüber her, als habe er wochenlang hungern müssen.

Fressen aus Frust?, schoss es Elena durch den Kopf. Auch sie hatte an Tagen, an denen sie die Verachtung ihrer Mitschüler gespürt hatte, oft aus Verzweiflung zu Schokolade gegriffen.

Armer Papa!, dachte Elena mitleidig und streichelte dem Leguan den Kopf. Dann schloss sie den Deckel des Terrariums.

»Kommst du mit, Miranda, um Rufus abzuholen?«, fragte sie dann.

Miranda war gleich dabei. Gemeinsam verließen die beiden Mädchen das Haus und gingen durch das Viertel. Bis zum

Kindergarten war es wirklich nicht weit. Das rote Gebäude leuchtete ihnen entgegen und sie hörten im Hof aufgeregte Kinderstimmen. Auf der Straße parkten mehrere Autos, in denen Mütter oder Väter saßen, die ihre Kinder abholten.

Rufus stand schon am Eingang und wartete. Als er Elena und Miranda sah, strahlte er und lief auf sie zu.

»Endlich!«

»Hallo, Rufus!« Elena umarmte ihren kleinen Bruder und kontrollierte, ob er alles dabeihatte. Weil er sein Umhängetäschchen vergessen hatte, ging sie mit ihm und Miranda noch einmal ins Gebäude zurück. Im Gang waren einige Kinder damit beschäftigt, sich die Schuhe anzuziehen, und eine junge Erzieherin half ihnen beim Zubinden der Schnürsenkel.

»Wo ist denn dein Garderobenhaken?«, fragte Elena und schaute sich um, ob sie Rufus' Täschchen irgendwo entdeckte.

»Bist du Rufus' Schwester?«, fragte die Erzieherin und richtete sich auf.

»Ja, ich bin Elena«, antwortete Elena.

»Ist deine Mutter auch dabei?«

»Nein, ich bin nur mit meiner Freun… äh … mit meiner Cousine hier.«

»Schade«, sagte die Erzieherin. »Ich hätte nämlich gerne einmal mit deiner Mutter geredet.«

»Warum denn?«, fragte Elena, während Rufus um ihre Beine turnte. »Hat sich mein Bruder nicht gut benommen?«

Die Erzieherin lächelte dünn. »Er soll keine Tiere mehr in den Kindergarten mitbringen.«

»Tiere?«, wiederholte Elena verblüfft. »Rufus hat doch keine Tiere …«

Die Erzieherin ließ sie nicht ausreden. »Komm bitte mal mit.«

Elena warf Miranda einen unsicheren Blick zu und folgte dann der Erzieherin in ihr Büro. Die junge Frau stellte einen Pappkarton auf den Tisch.

»Sie sind alle tot.«

»Tot?« Elena schluckte.

»Ich weiß nicht, ob die Kinder die Tiere erdrückt haben oder ob sie krank waren. Ich werde sie vorsorglich tierärztlich untersuchen lassen. Ich hoffe nicht, dass sie eine ansteckende Krankheit hatten.« Die Erzieherin öffnete den Deckel des Kartons.

Auf einer Schicht Holzwolle lag eine Reihe kleiner Plastiksaurier, die Elena am Tag zuvor in Rufus' Zimmer gesehen hatte. Der Hexilbeaufragte hatte für Rufus einige Spielsachen besorgt, die bei Menschenkindern gut ankommen. Er hatte Rufus damit eine Freude machen wollen.

»Vorhin ist ein Riesengeschrei im Sandkasten losgegangen«, erzählte die Erzieherin. »Als ich nachgeschaut habe, sind diese kleinen Echsen im Sand herumgekrochen. Die Kinder waren natürlich begeistert. Timmy hat mir erzählt, dass Rufus sie mitgebracht hat.«

Oje!, dachte Elena. Sie konnte sich schon vorstellen, was passiert war. Rufus hatte gezaubert, um die langweiligen Plastiksaurier ein bisschen interessanter zu machen. Dann hatte der Animations-Zauber nachgelassen und die Tierchen waren einfach umgefallen. Aber das konnte Elena der Erzieherin natürlich schlecht so erklären.

**Animations-Zauberspruch, den Rufus angewandt hat:**

»Los, du faules Spielzeugtier!
Eins, zwei, drei – komm her zu mir!
Beug den Kopf und heb das Bein,
sollst für mich lebendig sein!«

»Alle mausetot«, sagte die Erzieherin und bewegte mit einem Holzstäbchen einen der Dinosaurierhälse, der jetzt so schlaff war wie roher Kuchenteig. »Rufus hat gesagt, dass ihr einen Leguan zu Hause habt. Waren das die Jungen von ihm?«

»Nein, unser Leguan ist doch …« Elena stockte. *Ein Männchen*, hatte sie sagen wollen. Doch die Erklärung, die die Erzieherin gefunden hatte, war gar nicht so schlecht. Jedenfalls viel besser als die Wahrheit. Daher nickte Elena.

»Ja, er hatte Junge.« Sie schluckte. »Rufus muss ein paar davon mitgenommen haben. Es tut mir leid.« Sie wurde rot. »Das wird bestimmt nicht mehr vorkommen.«

»Das will ich auch hoffen.« Die Erzieherin lächelte jetzt nicht mehr. »Die Kinder können von fremden Tieren Allergien oder andere Krankheiten bekommen. Außerdem sind kleine Leguane wirklich kein Spielzeug. Du siehst ja, wie leicht sie eingehen. Wenn Rufus sich nicht an die Regeln hält, kann er in Zukunft nicht mehr bei uns im Kindergarten bleiben.«

»Klar«, flüsterte Elena.

»Und ich hoffe wirklich, dass es keine Seuche war.

Nicht auszudenken, wenn wir den Kindergarten schließen müssten.«

»Es war … bestimmt keine Seuche …«, stammelte Elena.

»Das wird sich herausstellen«, sagte die Erzieherin streng. »Richte deiner Mutter bitte aus, dass ich sie in den nächsten Tagen sprechen will.«

»Mach ich«, sagte Elena kleinlaut.

Dann durfte sie endlich das Büro verlassen.

Miranda stand noch immer mit Rufus im Gang. Sie hatte inzwischen Rufus' Täschchen gefunden.

»Hat er was Schlimmes angestellt?«, fragte sie, als sie Elena sah.

»Erzähl ich dir gleich«, antwortete Elena und fasste nach Rufus' Hand. Als sie auf dem Heimweg und außer Hörweite der anderen Mütter waren, berichtete Elena, was im Kindergarten passiert war.

Miranda grinste nur. »Typisch Rufus! Ich wette, die anderen Kinder hatten eine Menge Spaß!«

Rufus nickte begeistert und hüpfte. »Und wie!«

»Das darfst du nie mehr machen«, sagte Elena zu ihm. »Du darfst im Kindergarten gar nicht zaubern, hörst du? Wir sind hier bei den Menschen, und wenn die rausfinden, wer wir in Wirklichkeit sind, dann kriegen wir eine Menge Probleme!«

Rufus sah sie ernsthaft an. Er war sehr klug für sein Alter, und Elena, Jolanda und Oma hatten ihm oft genug erklärt, dass sie sehr vorsichtig sein mussten, weil sie jetzt unter den Menschen lebten und diese nichts von Zauberei verstanden. Wie viel Rufus von all den Warnungen begriffen hatte, konnte Elena nicht sagen. Hoffentlich würde er sie nicht noch in Schwierigkeiten bringen!

# Lieber heute Zauberei als morgen ödes Einerlei!

Jana hatte in der Nacht sehr schlecht geschlafen. Immer wieder hatte sie in quälenden Träumen die Szene auf dem Schulhof durchlebt. Ihre eigene Rolle war dabei immer peinlicher und die von Miranda rätselhafter geworden. Und was Tom anging, so wusste Jana überhaupt nicht mehr, was sie von ihm halten sollte. War er genauso ein Idiot wie seine Freunde? War er es wirklich wert, dass man sich in ihn verliebte? Aber für Gefühle gab es leider keinen Abschaltknopf ... Jana nahm sich vor, ihm in der nächsten Zeit lieber aus dem Weg zu gehen.

Sie hatte Kopfschmerzen, als sie zur Schule radelte. Wie immer stellte sie ihr Fahrrad in die Fahrradhalle, schloss es ab und trottete in Richtung Turnhalle. In den ersten beiden Stunden hatten sie Sport. Jana hasste Sport – ganz im Gegensatz zu Nele, die leidenschaftlich gern turnte und auch in ihrer Freizeit Leichtathletik machte. In der Umkleide war noch niemand, trotzdem muffelte es. Wahrscheinlich war während der Nacht überhaupt nicht gelüftet worden. Jana verzog das Gesicht und begann, sich umzuziehen.

Wenig später betraten Elena und Miranda den Raum und sahen sich unsicher um, als hätten sie noch nie so einen Raum gesehen. Elena lächelte Miranda zu, ließ sich auf der Bank gegenüber nieder und zog im Schneckentempo ihre Schuhe aus.

»Auch keine Lust auf Sport?«, fragte Jana.

Elena schüttelte den Kopf und Miranda sagte: »Überhaupt nicht.«

»Ich könnte auf Sport echt verzichten«, meinte Jana. »Das sind zwei völlig überflüssige Schulstunden.«

Die beiden fremden Mädchen sahen einander an.

»Bei uns gab es gar keinen Sportunterricht«, sagte Miranda dann. Sie knöpfte ihre Bluse auf und zog ein funkelnagelneues Trikot aus ihrer Sporttasche. Es war vom Feinsten, wie Jana auf den ersten Blick erkannte.

Elena hatte das gleiche Trikot und farblich passende Schuhe, ebenfalls eine teure Marke.

»Ihr hattet echt keinen Sport?« Jana staunte. Sie hatte nicht gewusst, dass es Schulen gab, in denen Sport nicht zum Unterricht gehörte. Ob die beiden vielleicht auf eine Privatschule gegangen waren? Geld genug schienen sie ja zu haben …

»Nein«, erwiderte Elena. »Und mir graut vor diesen Stunden, denn wir können bestimmt keine von euren Übungen.«

»Heute ist wahrscheinlich wieder Bodenturnen dran«, sagte Jana.

»Und was ist das?«, fragte Elena.

Jana wunderte sich wieder. Machte Elena Spaß?

»Wo kommt ihr denn her?« Jana lächelte. »Von einem fernen Planeten? Oder lebt ihr ohne Fernseher?«

»Ähäm … ja … wir hatten bis vor ein paar Tagen wirklich keinen Fernsehapparat«, antwortete Elena.

»Also, Bodenturnen ...«, Jana suchte nach einer Erklärung, »das ist zum Beispiel Rolle vorwärts, Rolle rückwärts, Handstand mit Abrollen ...«

»Handstand?«, rief Miranda und ihre Wangen färbten sich leicht rot.

Auch Elena blickte entsetzt drein. »Oh nein, das ist ja entsetzlich! Muss man das machen?«

»Na kommt, so schlimm ist das auch wieder nicht«, meinte Jana. »Das kann sogar ich, und ich bin in Sport wirklich die komplette Niete. Ich gebe zu, es hat eine Weile gedauert, bis ich den Dreh raushatte, aber man kann es lernen, wirklich.«

Elena schüttelte den Kopf. »Das verstehst du nicht. Selbst wenn wir es lernen ... das geht nicht. Wir können uns nicht auf die Hände stellen. Das ... schickt sich einfach nicht.«

Miranda nickte zustimmend. »Das machen wir nicht. Nie im Leben.«

»Ihr tragt dabei doch eure Trikots.« Jana war jetzt völlig verwirrt. Waren die beiden Neuen so verklemmt? Was war denn so ungehörig an einem Handstand?

»Lieber würde ich nackt auf der Straße herumlaufen, als einen Handstand zu machen«, sagte Miranda. »Dazu gebe ich mich nicht her.«

»Wenn ich gewusst hätte, dass hier ein Handstand verlangt wird, dann wäre ich lieber zu Hause geblieben.« Elena schlug die Hände vors Gesicht. Ihre Verzweiflung schien echt zu sein.

Jana verstand zwar noch immer nicht, warum die beiden sich so anstellten, aber Elena und Miranda taten ihr leid.

»Ihr könnt ja zu Frau Blom sagen, dass euch der Arzt verboten hat, einen Handstand zu machen, weil ihr immer gleich eine Sehnenscheidenentzündung bekommt«, schlug sie vor. Aber dann würde Frau Blom sicher bald ein Attest sehen wollen. »Oder ihr sagt einfach, dass ihr eure Tage habt und deswegen nicht mitturnen könnt.«

Miranda und Elena wechselten wieder einen Blick.

»Genau«, sagte Miranda dann. »So machen wir es. Danke für den Tipp, Jana. Du bist supernett.«

Jana wurde rot. »Ich muss mich bedanken. Für deine Hilfe gestern.«

»Welche Hilfe?«, fragte Miranda harmlos.

»Du weißt schon«, sagte Jana.

»Ach, das«, meinte Miranda. »Keine Ursache. Das war nur Fingerschnipp-Stufe 1. Kann ich seit der ersten Klasse.«

»Hast du Telekinese angewandt?«, fragte Jana vorsichtig. Sie war am Nachmittag zuvor in der Bücherei gewesen, um sich über Telekinese und Metamorphose zu informieren. Sie hatte auch tatsächlich in zwei Büchern etwas über Telekinese gefunden. Der eine Autor schilderte eine Menge Fälle, in denen Telekinese angeblich nachgewiesen worden war. Im anderen Buch dagegen war zu lesen, dass Telekinese noch niemals bewiesen worden war und alle derartigen Vorfälle auf Tricks und Täuschung beruhten. Jana war hinterher kaum schlauer gewesen als vorher. Und Metamorphose bedeutete, dass sich eine Form verwandelte oder ein Zustand veränderte. Wie man so etwas als Hobby haben konnte, begriff Jana nicht. Ob Miranda vielleicht Theater spielte und sich dabei verkleidete? Jana hatte das Gefühl, dass man sich zu Hause bei den Mädchen etwas seltsam ausdrückte.

»Es war nicht direkt Telekinese«, setzte Miranda zu einer Antwort an, als die Tür aufgerissen wurde und drei Mädchen hereinschneiten. Mit lautem Geplapper und mit viel Gekicher belegten sie ihre Plätze und begannen, sich umzuziehen.

Nach und nach füllte sich der Raum. Nele war die Letzte. Sie kam meistens sehr spät, manchmal hatte es sogar bereits zum Unterricht geläutet. Jana wusste, dass sich Nele schon oft vorgenommen hatte, früher von zu Hause wegzufahren. Aber dann kam doch immer etwas dazwischen. Entweder entschied sie sich im letzten Moment dafür, andere Schuhe anzuziehen, oder der Reißverschluss ihrer Jacke klemmte, oder der Fahrradreifen hatte zu wenig Luft … Jana war daran gewöhnt, dass Nele völlig abgehetzt eintraf.

So auch heute. Nele knallte ihre Sporttasche auf die Bank, schlüpfte aus ihren Jeans, zog die Gymnastikhose und ihre Turnschuhe an – und das innerhalb von dreißig Sekunden.

»Eines Tages kommst du noch ins Guinness-Buch der Rekorde.« Jana grinste.

»Ich arbeite dran«, gab Nele zurück und überprüfte, ob ihre Hose richtig saß.

Gleich darauf kam auch Frau Blom. Sie war klein, schlank und unwahrscheinlich biegsam. Außerdem sprühte sie vor Energie. Ihre dunkelblonden Haare hatte sie wie immer zu einem Pferdeschwanz zusammengebunden.

»Hallo, Mädels«, begrüßte sie die Mädchen. »Schon umgezogen? Prima! Da sehe ich ja zwei neue Gesichter!«

Elena und Miranda stellten sich kurz vor. Dann sagte Elena sofort:

»Wir können heute keinen Handstand machen, wir haben beide *die Rosen*.«

Frau Blom hob die Augenbrauen. »Ihr habt *was*?«

»*Die Rosen*«, wiederholte Elena und ihre Wangen fingen an zu glühen.

Die Sportlehrerin begriff noch immer nicht. »Du meinst, ihr habt Blumen? Ich sehe keine.«

»Wir meinen *das rote Meer*«, sagte Miranda.

»Wie?«, fragte Frau Blom verwirrt.

»Die *rosa Tante* ist zu Besuch«, erklärte Elena. »Bei uns beiden.«

Frau Blom schüttelte nur den Kopf.

Jetzt schaltete sich Jana ein und erklärte: »Sie haben ihre Tage.«

»Ach so.« Frau Blom lachte. »Ich verstehe. Na gut, dann setzt euch auf die Bank und schaut zu. Wenn euch danach ist, könnt ihr ja ein paar leichte Übungen mitmachen. Ich sage immer, dass man sich an solchen Tagen nicht in Watte packen soll. Ein bisschen Sport entspannt und entkrampft den Unterleib.« Sie klatschte in die Hände. »Also – hopp, hopp, Mädels, los in die Halle und drei Runden laufen – zum Aufwärmen.«

Jana betrat die Halle und fing an zu rennen. Nele trabte locker neben ihr her und lachte sie an.

»Ich hätte mich eben wegschmeißen können! Wie reden die beiden Neuen denn!«

Zu laufen und sich dabei zu unterhalten, fiel Jana längst nicht so leicht wie ihrer Freundin.

»Die Neuen sind wirklich komisch«, keuchte sie, nachdem sie sich vergewissert hatte, dass Miranda und Elena nicht in Hörweite waren. »Und sie haben totale Angst, Handstand zu machen – weiß der Kuckuck, warum.«

»Angst?«, fragte Nele.

»Nein … nicht direkt. Es ist … hm«, Jana suchte nach einem passenden Ausdruck, »es scheint bei denen irgendwie ein Tabu zu sein.«

»Davon hab ich noch nie gehört«, murmelte Nele.

»Ich auch nicht.«

Sie liefen stumm nebeneinander her. Nachdem sich alle aufgewärmt hatten, ließ Frau Blom Dehnungsübungen machen. Danach holten die Mädchen die Gymnastikmatten aus dem Geräteraum und legten sie auf den Boden. Frau Blom erklärte die Aufgabe und turnte die Übungen vor.

»Kinderspiel«, meinte Nele.

»Sag so was nicht«, erwiderte Jana. »Ich kann kein Rad, schon gar nicht beidseitig. Ich hasse solche Übungen! Ich hasse Sport! Ich glaube, ich kann jetzt Miranda und Elena voll verstehen.«

Nele redete Jana aufmunternd zu und erklärte ihr zum x-ten Mal, was sie beim Radschlagen tun sollte. Trotzdem waren Janas Räder eine Katastrophe. Nach drei Versuchen blieb sie einfach auf dem Boden sitzen.

»Ich mag nicht mehr. Das lerne ich nie!«

Neidisch sah sie zu, wie Nele turnte. Bei ihr wirkten die Übungen so leicht und spielerisch! Jana bemerkte, dass auch Elenas und Mirandas Blicke Nele bewundernd folgten. Neles Körper bog und straffte sich voller Anmut, alle Bewegungen waren harmonisch, es gab keinen Ausrutscher und keinen Patzer. Als Nele fertig war, klatschten die anderen Mädchen Beifall.

»Du bist einfach die Beste«, sagte Jana zu Nele.

»Quatsch, ich war heute überhaupt nicht konzentriert«, widersprach Nele. »Ich musste die ganze Zeit daran denken, warum die beiden keinen Handstand machen. Aber das finde ich raus, verlass dich drauf!«

Nele konnte sehr hartnäckig sein. Wenn sie sich etwas vorgenommen hatte, dann schaffte sie es auch, ihren Willen durchzusetzen. Notfalls auch mit ein paar Tricks. Aber an diesem Tag staunte Jana wieder einmal über Neles Überredungskunst.

In der Pause heftete sich Nele an Mirandas und Elenas Fersen und schnitt das Thema Sport an.

»Heute seid ihr ja noch mal drum herumgekommen«, sagte sie. »Aber was macht ihr nächste Woche? Es kann doch nicht dauernd Tante Rosa zu Besuch sein.« Sie grinste.

»Die rosa Tante«, korrigierte Elena und errötete leicht.

»Ich weiß ja nicht, wie eure Lehrer waren – aber mit Frau Blom ist nicht zu spaßen«, fuhr Nele fort. »Auch wenn sie normalerweise sehr nett ist. Wenn sie merkt, dass ihr euch absichtlich vor den Übungen drückt, dann knallt sie euch eiskalt eine Sechs ins Notenbuch, da könnt ihr Gift drauf nehmen. Es ist nicht schlimm, wenn man etwas nicht kann, aber Frau Blom kann es nicht leiden, wenn man es gar nicht erst versucht.«

Diese Drohung schien auf Miranda und Elena Eindruck zu machen. Die beiden Mädchen wechselten einen unschlüssigen Blick.

»Ich kann euch die Technik zeigen«, sagte Nele. »Das ist gar kein Problem. Wir können allerdings nicht bei mir zu Hause Sport machen, da ist es leider zu eng. Ich hab nämlich noch drei Geschwister.«

Das stimmte. Nele musste mit ihrer neunjährigen Schwester Silke das Zimmer teilen, und Jana wusste, wie gerne ihre Freundin einen Raum für sich gehabt hatte, zumal Silke ziemlich nervig sein konnte. Neles ältere Brüder besaßen jeder ein eigenes Zimmer. Der fünfzehnjährige Kevin besuchte die zehnte Klasse und der siebzehnjährige Max machte eine Ausbildung als Industriekaufmann und war im zweiten Lehrjahr. Außerdem gab es bei den Hermanns zu Hause noch jede Menge Tiere: einen Hund namens Shorty, die beiden Katzen Silver und Bond, die Schildkröte Theodor und ein Aquarium mit vielen hübschen kleinen Fischen in leuchtenden Farben. Nele klagte allerdings oft darüber, dass sich die Fische gegenseitig auffraßen.

»Bei mir zu Hause können wir leider auch nicht üben«, sagte Jana. Sie lebte zwar nur mit ihrer Mutter zusammen und hatte keine Geschwister, aber die Wohnung war vollgestellt mit Designermöbeln und einem großen Flügel. Zudem war Frau Kleist sehr lärmempfindlich, und Jana konnte sich vorstellen, dass ihre Mutter überhaupt nicht davon begeistert sein würde, wenn die Mädchen auf dem Parkett Turnübungen machten.

Miranda und Elena sahen einander an.

»Wir haben zu Hause ziemlich viel Platz und einen riesigen Garten«, sagte Elena dann. »Wenn ihr wollt, könnt ihr uns heute Nachmittag gerne besuchen. Ich glaube allerdings trotzdem nicht, dass wir einen Handstand machen werden, aber du kannst uns ja ein paar andere Übungen zeigen.«

»Damit wir in Sport nicht völlig versagen«, ergänzte Miranda grinsend.

»Okay«, sagte Nele. »Wir kommen um drei Uhr, passt das? Äh … und wie ist eure Adresse?«

Elena nannte die Straße und Nele nickte. »Ich weiß ungefähr, wo das ist.«

Es klingelte zum Ende der Pause. Während Elena und Miranda gleich ins Klassenzimmer gingen, zog Nele Jana aufs Mädchenklo.

»Bingo!«, sagte Nele, als sie die Tür hinter sich geschlossen hatten. »Wie habe ich das gemacht? Heute Nachmittag werden wir uns den Laden gründlich ansehen. Mal sehen, ob wir nicht doch hinter ihr Geheimnis kommen.«

»Es war vielleicht nicht ganz fair«, meinte Jana.

»Was ist daran nicht fair?« Nele schüttelte den Kopf. »Ich habe den beiden ein Angebot gemacht und sie haben es angenommen. Und niemand kann uns verbieten, dass wir bei unserem Besuch Augen und Ohren offen halten.«

»Aber sie denken bestimmt, dass du sie nett findest und ihnen deswegen helfen willst«, wandte Jana ein. »Und nicht, weil wir total neugierig sind.«

»Du immer mit deinen ewigen Bedenken.« Nele verdrehte die Augen. »Ich finde die beiden ja auch ganz nett. Neugierig bin ich trotzdem.«

»Wir müssen jetzt ins Klassenzimmer«, sagte Jana. »Sonst ist Herr Reuter noch vor uns da.«

»Schon in Ordnung, Jana. Ich weiß, du bist todunglücklich, wenn du zehn Sekunden Mathe verpasst …«

Jana war aufgeregt, als sie hinter Nele die Straße entlang radelte. Sie mussten gut zwanzig Minuten mit dem Rad fahren und es war längst drei Uhr vorbei. Jana überlegte, ob es nicht besser gewesen wäre, den Bus zu nehmen, aber jetzt war es zu spät, um umzukehren.

Nele stoppte, um das Straßenschild zu studieren. »*Amselweg*. – Das ist es nicht. Noch eine Straße weiter. Wir sind sicher gleich da.«

Als Nächstes kam der *Drosselweg*. Wieder falsch. Jana seufzte. Die dritte Straße war endlich richtig: *Nachtigallenweg*. Die Bredovs wohnten ganz am Ende.

Die Mädchen staunten, als sie die prächtige Villa mit den schönen Erkern sahen.

»Ich sag's ja: Die haben Geld wie Heu«, murmelte Nele.

Sie schoben ihre Räder durch das offene Tor und stellten sie auf dem Kiesstreifen ab, auf dem schon ein großer schwarzer Combi mit getönten Scheiben stand.

»Ist das ein Leichenwagen?«, spottete Nele.

»Schschsch«, warnte Jana, denn in diesem Augenblick ging die Haustür auf und eine ältere Dame kam heraus. Sie war auffallend gekleidet, und Jana wusste nicht recht, ob ihr Aufzug nun sehr elegant oder völlig geschmacklos war. Obwohl es ein schöner, sonniger Tag war, trug die Dame weiße Stoffhandschuhe, die bis zu den Ellbogen reichten. Außerdem hatte sie einen breitkrempigen Hut auf. Als die Dame die Treppe herunterkam, sah Jana, dass der Hut mit einem großen, roten Hummer dekoriert war.

*Also doch geschmacklos*. Jana konnte ihre Augen kaum von dem Hummer abwenden. War er echt oder aus Kunststoff?

»Guten Tag«, sagte Nele. »Wir wollen zu Elena und Miranda.«

»Hallo.« Die Dame blieb stehen und lächelte die beiden Mädchen an. »Ich bin Mona Bredov, Elenas Großmutter. Es freut mich sehr, dass ihr euch schon angefreundet habt. Elena tut sich manchmal ein bisschen schwer, Anschluss zu finden. Und in der Fremde braucht man Freunde besonders, nicht wahr?«

»Äh … ja.« Jana fühlte sich fast erschlagen von dem Redeschwall der Dame, während Nele nur grinste.

»Geht nur rein, meine Lieben«, sagte Mona. »Elena und Miranda sind im Wohnzimmer und kümmern sich gerade um den Leguan. Vielleicht könnt ihr sie ja überreden, sich lieber ein Meerschweinchen anzuschaffen, das ist unterhaltsamer.« Sie hob ihre behandschuhte Hand und winkte ihnen zu, bevor sie ins Auto stieg und den Motor anließ, der gequält aufheulte. Dann schoss das Auto mit einem Satz nach hinten und fuhr in einem Affentempo rückwärts zur Straße hinaus, ganz knapp an den Torpfosten vorbei.

»So eine verrückte Alte«, sagte Nele.

»Ja ... sehr ... ungewöhnlich«, meinte Jana.

»Vielleicht sind die alle ein bisschen übergeschnappt«, sagte Nele und grinste. »Das würde auch das mit dem Handstand erklären.«

Sie gingen die Treppe hinauf. Mona hatte die Haustür für sie offen gelassen. Als Jana mit Nele die Eingangshalle betrat, kam sie sich fast vor wie in einem Schloss. Der Boden war aus weißem Marmor, darauf lagen weiche Teppiche. Große vergoldete Spiegel hingen an den Wänden, und Jana sah gleich drei Mal, wie sich ihr Spiegelbild bewundernd und ungläubig umblickte.

»Wow! Das ist der helle Wahn«, sagte Nele. »Das ist ja noch toller, als es von außen aussieht!«

Jana nickte und schloss leise die Haustür.

In diesem Moment stürmte ein ungefähr fünfzehnjähriges Mädchen die Treppe herunter. In der Hand hielt es eine Kette und eine bläulich schimmernde Glaskugel, auf die es erregt einredete.

»Nein, Gregor, das kannst du nicht machen! Ich bin erst zwei Tage weg, und schon triffst du dich mit Lucinda! Von wegen – alles ganz harmlos! Du bist ein Idiot, Gregor!« Sie machte eine Bewegung mit der Hand und die Glaskugel verschwand.

»Ich hasse dich, ich hasse dich, ich hasse dich!«, stieß das Mädchen aus, streckte den Arm aus, und ein grüner Lichtblitz fuhr aus seinem Zeigefinger und schlug in einen der großen Spiegel ein, auf dem plötzlich lauter wilde Fratzen zu sehen waren. »Und Lucinda hasse ich noch mehr! Oh, sie soll sich in eine Schlange verwandeln!« Auf dem Spiegel erschien das Abbild eines roten Drachen.

Jetzt erst entdeckte das Mädchen die Besucherinnen. Es zuckte zusammen.

»Wer seid ihr denn?«

»Ich bin Jana Kleist.« Jana spürte, wie ihre Beine bebten. Sie konnte nicht glauben, was sie gerade gesehen hatte.

»Und ich heiße Nele Hermann«, sagte Nele. »Wie hast du das eben gemacht?«

Das Mädchen schob die Unterlippe vor. »Ich habe gar nichts gemacht! Und ihr habt gar nichts gesehen, verstanden? Und damit ihr nichts ausplaudert, werde ich euch vorsichtshalber in zwei Kröten ...« Sie hob den Arm.

»Daphne!«, rief Elena, die in einer Tür erschienen war. »Untersteh dich!«

Hinter ihr tauchte Miranda auf. »Oh«, machte sie nur.

Fünf Sekunden lang sagte keiner ein Wort. Dann ließ Daphne den Arm sinken.

»Ihr hättet ja auch klingeln können«, sagte sie.

»Wir ... wir kommen wohl etwas ungelegen«, stammelte Jana, die nur noch den Wunsch hatte, das unheimliche Haus möglichst schnell zu verlassen.

»Äh ... nein«, erwiderte Elena zögernd. »Eigentlich nicht. Nur ... äh ...«

»Wir hätten euch die Sache gern etwas schonender beigebracht«, meinte Miranda. »Und wahrscheinlich noch nicht heute. Aber da ihr nun gerade einen von Daphnes Wutanfällen erlebt habt, sind wir euch wohl eine Erklärung schuldig.«

»Wir sind Hexen«, sagte Daphne ungerührt.

# Wer anderen eine Falle stellt, wird selbst verhext!

Elena hätte ihre Schwester am liebsten in einen Schirmständer verwandelt. Daphne war manchmal absolut taktlos! Und sie schien sich überhaupt nicht dafür zu interessieren, ob Jana und Nele jetzt geschockt waren.

»Kommt mit ins Wohnzimmer«, sagte Elena. »Da können wir reden.«

Jana und Nele blickten einander an und zögerten. Elena sah die Angst auf ihren Gesichtern.

»Keine Sorge, wir verzaubern euch nicht«, meinte Miranda. »Wir haben ja noch nicht einmal das Hexendiplom. Ihr könnt uns vertrauen, ehrlich.«

»Na ja«, Nele versuchte ein Lächeln, das allerdings misslang. »Ich möchte wirklich nicht gerne in eine Kröte verwandelt werden.«

»Und ich möchte auch nicht meine Hose verlieren«, flüsterte Jana. Sie war bleich. »Das wart ihr gestern auch ... auf dem Schulhof ... Ich hab es geahnt ... Es war Zauberei ...«

»Ich konnte nicht ertragen, wie der Junge dich angepöbelt hat«, erwiderte Miranda. »Ich finde es schrecklich, wenn Jungs Mädchen keinen Respekt entgegenbringen.« Sie streckte Jana die Hand entgegen. »Kommt! Bitte! Wir tun euch wirklich nichts.«

Zögernd folgten Jana und Nele Elena und Miranda ins Wohnzimmer. Elena sah, wie sich die beiden furchtsam umblickten.

»Echt schön hier«, sagte Jana und räusperte sich.

»Es sieht so aus, als seien wir sehr reich«, sagte Elena. »Wahrscheinlich sind wir das auch – hier in der Menschenwelt. Setzt euch doch auf die Couch.«

Die beiden Mädchen nahmen Platz. Jana wirkte ziemlich verkrampft, während sich Nele sehr bemühte, locker zu erscheinen.

»Das, was wir euch jetzt sagen, muss unbedingt geheim bleiben«, sagte Miranda jetzt. »Ihr müsst versprechen, mit niemandem darüber zu reden. Wir kriegen sonst riesige Schwierigkeiten, wenn rauskommt, wer wir wirklich sind.«

Jana und Nele blickten sich unsicher an.

Elena fühlte sich nicht ganz wohl. Ob es richtig war, dass sie die beiden Mädchen einweihten? Vielleicht würden sie schreien oder einen hysterischen Anfall bekommen! Der Hexilbeauftragte hatte den Hexen eingeschärft, alles zu meiden, was Aufsehen erregen konnte. Aber eine Erklärung musste Elena jetzt wohl geben ... Das Leben in der Menschenwelt war viel schwieriger, als sie sich vorgestellt hatte!

»Okay, wir werden die Klappe halten«, sagte Nele und lächelte schief.

Jana schien sich einen Ruck zu geben. »Das werden wir«, stimmte sie ihr zu.

»Also ... es ist so ...«, begann Elena. »Es ist unsere Aufgabe, eine Zeit lang in der Menschenwelt zu verbringen, weil, äh … das hat einen Grund, den … na ja, den ich jetzt nicht sagen kann. Aber wir haben nicht vor, den Menschen zu schaden. Wir wollen nur hier leben, so normal wie möglich.«

»Wir sind hier sozusagen *undercover*«, ergänzte Miranda. »Das geschieht nicht ganz freiwillig. Deswegen wollen wir auch keinen Ärger oder so. Wir wollen auch gar nicht auffallen. Aber wir sind mit euren Sitten und Gebräuchen leider nicht besonders gut vertraut. Es gibt doch eine ganze Menge Unterschiede zwischen Hexen und Menschen …«

»Während unseres Aufenthalts wird uns alles, was wir brauchen, zur Verfügung gestellt«, sagte Elena. »Auch dieses super Haus hier – mit den Kois und allem. Wir müssen aber unbedingt unsere Tarnung aufrechterhalten.«

Nele hob misstrauisch die Augenbrauen. »Und ihr habt wirklich nichts Böses vor? Heimliche Machtübernahme oder so?«

Jana stieß ihre Freundin in die Rippen.

»Wirklich nicht«, beteuerte Elena. »Der Aufenthalt hier … das ist so eine Art Urlaub mit dem Ziel, die Menschen ein bisschen besser kennenzulernen.«

»Ja, und ihr könntet uns dabei helfen«, meinte Miranda und lächelte. »Wir kennen uns mit manchen Dingen nicht so genau aus, und es wäre toll, wenn ihr uns korrigieren würdet, wenn wir etwas falsch machen.«

Nele und Jana sahen sich wieder stumm an. Elena hätte zu gerne gewusst, was jetzt in ihren Köpfen vorging. Vertrauten die Mädchen ihnen?

»Wir würden euch gerne helfen«, murmelte Jana dann. »Aber wie können wir sicher sein, dass ihr nichts Schlimmes plant? Oder dass ihr uns tatsächlich in Kröten verwandelt, wenn euch etwas nicht passt!«

»Ach, vergesst doch Daphne«, sagte Elena mit einem Anflug von Ärger. »Die hat vermutlich schlechte Laune, weil sie Stress mit ihrem Freund hat. Wir versprechen euch, dass wir euch nichts antun werden, großes Hexen-Ehrenwort! – Und wenn ihr uns helft, dann können wir euch … bei manchen Dingen … vielleicht auch helfen. Was meinst du, Miranda?«

»Ja, wie beispielsweise gestern«, sagte Miranda.

»Gut«, erwiderte Nele. »Ich glaub's echt noch nicht ganz, dass ihr wirklich Hexen seid. Das alles ist total fantastisch. An den Gedanken müssen wir uns erst gewöhnen.«

Sie lachte.

»Komisch, erst neulich hab ich mit Jana darüber geredet, wie toll es wäre, wenn wir zaubern könnten. Sie liebt nämlich Tom …«

Jana wurde knallrot. »Ich weiß gar nicht, ob ich ihn noch liebe … Wenn er so doofe Freunde hat!«

»War das der Junge, mit dem du gestern auf dem Schulhof geredet hast?«, fragte Miranda.

»Ja, der Große mit den dunklen Haaren«, antwortete Jana.

»Hm«, sagte Miranda und überlegte.

»Ein kleiner Liebeszauber ist natürlich kein Problem, obwohl man in Liebesdingen grundsätzlich vorsichtig sein sollte. Aber wenn es dir wirklich wichtig ist, dann unterstützen wir dich gerne mit unserem Wissen.«

## Ein Liebeszauber sollte immer mit großer Vorsicht angewendet werden!

- Ein Liebeszauber Stufe 1 kann helfen, dass er auf dich aufmerksam wird!
- Ein Liebeszauber Stufe 2 kann helfen, dass ihr eine zweite Chance bekommt, wenn ihr euch gestritten habt.
- Ein Liebeszauber Stufe 3 kann ihn zu dir (zurück-) bringen, egal, ob er eine andere Freundin hat oder ob er dich verlassen will.

Bedenke: Liebeszauber Stufe 2 und 3 beeinflussen seinen Willen, und eine Hexe sollte sich die Folgen gut überlegen, bevor sie diesen Zauber ausführt. Denn das Wissen, dass er dich nicht aus freiem Willen liebt, sondern »unter magischem Zwang«, kann auf Dauer nicht glücklich machen!

»Danke«, murmelte Jana. Sie zögerte. »Die Frau, die wir vorhin gesehen haben … die mit dem Hummer auf dem Kopf … Ist die auch eine Hexe?«

»Das war meine Oma«, antwortete Elena. »Klar, sie kann auch hexen. Ich glaube sogar, sie ist die beste von uns, denn sie hat die meiste Erfahrung.«

»Aber sie hat einen grässlichen Geschmack, was Mode angeht«, meinte Nele. »Der Hut ist das Verrückteste, was ich je gesehen habe. Wo hat sie denn den her?«

»Den hat sie selbst gemacht, weil sie denkt, dass Menschen Hummer mögen«, antwortete Elena.

»Aber doch nicht auf einem Hut!« Nele lachte laut.

»Hummer wird gegessen«, erklärte Jana. »Er gilt als Delikatesse und ist ziemlich teuer.«

»Ach so.« Elena musste jetzt auch grinsen. »Dann hat sich meine Großmutter wohl falsch informiert.«

»Und sie hat vorhin fast den Wagen kaputt gefahren«, sagte Nele.

»Ja, ich finde auch, dass sie furchtbar Auto fährt.« Elena seufzte. »Sie und meine Mutter haben zwar einen Führerschein, aber sie haben überhaupt keine Übung. Das Schlimmste ist, dass meine Oma auch noch gern schnell fährt.«

»Stimmt es, was man sich über Hexen erzählt?« Nele beugte sich neugierig vor. »Fliegt ihr auf einem Besen?«

»Hier machen wir es nicht«, antwortete Elena schnell. »Das würde bestimmt Aufsehen erregen, und das müssen wir unbedingt vermeiden. Außerdem weiß ich nicht, ob uns der Besen hier überhaupt tragen würde, weil in eurer Welt viel weniger Magie in der Luft liegt als bei uns.«

In diesem Moment klingelte Janas Handy. Elena spürte einen scharfen Schmerz in den Schläfen, als Jana das Gerät aus ihrer Tasche fummelte. Miranda öffnete den Mund, als müsse sie einen starken Druck auf den Ohren ausgleichen.

»Ja, Mama?«, meldete sich Jana. Aus dem winzigen Lautsprecher ertönte eine aufgeregte Frauenstimme. Jana lauschte. »Ich … äh … ich bin bei Nele«, sagte sie dann. »Nein, ich kann jetzt nicht nach Hause kommen, wir sitzen noch über Mathe. Wenn er um sechs Uhr keine Zeit hat, dann muss die Stunde eben ausfallen. – Okay, sag ihm das. Ciao.« Sie steckte ihr Handy wieder ein.

»Oh, habt ihr was?«, fragte sie besorgt. »Geht es euch nicht gut?«

»Hexen mögen Handys nicht«, sagte Elena. Der Schmerz in den Schläfen ließ langsam nach. »Wir vertragen die Strahlung nicht.«

»Wir Hexen verständigen uns untereinander im Notfall mit Gedankenkraft«, erklärte Miranda. »Ich nehme an, die Frequenzen stören sich ... und es gibt in unserem Gehirn mit euren Handys irgendwelche Rückkopplungen ...«

»Ah, so wie es manchmal im Lautsprecher pfeift, wenn das Mikrofon falsch eingestellt ist«, sagte Nele.

»Tut mir leid«, entschuldigte sich Jana. »Meine Mutter hat mich gefragt, ob ich meine Klavierstunde nicht vorverlegen kann. Meinem Lehrer ist nämlich ein anderer Termin dazwischengekommen.«

»Heißt das, dass ihr keine Handys benutzen könnt?«, wollte Nele wissen.

»Es ist für uns sehr unangenehm«, sagte Miranda.

»Und wie verständigt ihr euch dann? Immer nur mit Gedanken?«

»Nein, normalerweise mit Kommunikatoren.« Miranda zog ihr Amulett aus dem Ausschnitt ihres T-Shirts. »Das ist mein *Transglobkom*.« Sie führte vor, wie man den Kommunikator bediente.

»Wow, das ist ja noch besser als ein Bildtelefon oder eine Webcam!«, sagte Nele.

»Und er funktioniert vor allem weltenübergreifend«, erklärte Miranda.

Während Jana und Nele den Kommunikator fasziniert in die Hand nahmen, musste Elena wieder an das Amulett denken, das von ihrem Vater stammte. Sie hatte es in ein Stück

Pappe eingeschlagen und mit Klebestreifen unter ihrem Schrank befestigt. Dort würde es niemand finden. Noch immer hatte Elena keine Ahnung, wozu das Amulett nützlich war. Ob man mit seiner Hilfe Papa vielleicht zurückverwandeln konnte? Miranda hatte im Schularchiv einen Hinweis auf ein wertvolles Amulett gefunden, das vor zwei Jahrhunderten einem berühmten Schwarzmagier namens Mafaldus Horus gehört hatte. Angeblich lagen Mafaldus' Wurzeln im alten Ägypten und gingen auf Seth zurück, der der Mythologie nach seinen Bruder Osiris umgebracht hatte … Miranda war sich jedoch nicht sicher, ob Mafaldus' Zauber-Amulett etwas mit dem Amulett zu tun hatte, das die Mädchen in Leons Terrarium gefunden hatten, denn im Buch war weder eine Abbildung gewesen noch eine Beschreibung des Aussehens. Also war es nicht wirklich eine heiße Spur … Hier in der Menschenwelt würden sie wahrscheinlich erst recht keine Informationen über das rätselhafte Schmuckstück bekommen …

»Und warum dürft ihr keinen Handstand machen?« Neles Frage riss Elena aus ihren Gedanken.

Jana hatte Miranda den Kommunikator zurückgegeben und sah Elena erwartungsvoll an.

»Es ist schwierig zu erklären«, sagte Elena. Sie wusste wirklich nicht, ob sie es den Mädchen sagen sollte. Es war eigentlich ein großes Geheimnis. Wenn sich Hexen auf den Kopf stellten oder einen Handstand machten, waren sie anderen völlig ausgeliefert. Es war die totale Unterwerfung. Jeder andere konnte dann über ihre Zauberkraft verfügen. Deswegen machte keine Hexe freiwillig einen Handstand! – Es gab jedoch auch die Möglichkeit, auf diese Weise Kräfte zu bündeln oder jemand anderem zur Verfügung zu stellen. Aber das war sehr riskant. Wenn etwas schiefging, dann konnte sich die Zauberkraft gegen einen wenden, und es betraf zuerst die Hexe, die gerade auf dem Kopf stand.

»Im Handstand ist man völlig ungeschützt«, sagte Elena ausweichend. »Es ist schädlich für unsere Zauberkraft.«

»Ah«, sagte Jana, »ich verstehe ...«

»Frau Blom wird es aber garantiert nie verstehen«, sagte Nele. »Ihr werdet in Sport niemals eine Eins bekommen, das ist euch wohl klar?« Sie grinste. »Außer ihr hext ein bisschen im Notenbuch herum. Oder ihr veranstaltet ein paar optische Täuschungen. Könnt ihr eigentlich einen Doppelgänger herstellen?«

»Das mit dem Doppelgänger ist höhere Zauberei«, sagte Elena. »Miranda und ich können noch längst nicht alles.«

»Und eine richtige Hexe lernt nie aus«, ergänzte Miranda. »Übrigens sind Elena und ich keine echten Cousinen. Wir sind beste Freundinnen, und ich wollte Elena unbedingt in die Menschenwelt begleiten, damit sie sich nicht so einsam fühlt.«

Jana schwirrte der Kopf, als sie und Nele zurückradelten. Das alles war so unglaublich! Sie war froh, dass ihre Klavierstunde ausfiel. Jetzt hätte sie sich bestimmt nicht konzentrieren können und nur falsch gespielt ...

Sie hatten auch noch Jolanda kennengelernt, Elenas Mutter, eine mollige, unscheinbare Frau. Sie wirkte etwas vergeistigt und ohne große Durchsetzungskraft – ein Riesenunterschied zu Elenas exzentrischer Großmutter.

Elena und Miranda hatten mit Nele und Jana ausgemacht, dass sie zunächst vor Elenas Mutter und Großmutter so tun sollten, als hätten sie keine Ahnung von den Hexenkünsten der Bredovs.

»Das ist besser so«, hatte Elena gemeint und Miranda hatte genickt. »Ich weiß nicht, wie sie reagieren. Irgendwann können wir es ihnen sagen – zu einem geeigneten Zeitpunkt.«

»Und wenn Daphne etwas verrät?«, hatte Nele gefragt.

»Dann muss Daphne ja auch zugeben, dass sie die Sache verbockt hat und schuld ist«, hatte Miranda geantwortet. »Keine Sorge, die wird garantiert die Klappe halten, da bin ich mir sicher!«

Jetzt hatten Nele und Jana die Kreuzung erreicht, an der sie sich eigentlich hätten trennen müssen.

»Kann ich noch mit zu dir kommen?«, fragte Nele. »Wir müssen unbedingt über die Sache reden. Bei mir zu Hause sind wir bestimmt nicht ungestört. Silke hat garantiert wieder Besuch von ihrer Freundin.«

»Klar, das geht«, sagte Jana. »Meine Klavierstunde ist ja abgesagt.«

Die beiden Freundinnen radelten in die Schillerstraße, wo Jana mit ihrer Mutter wohnte. Sie stellten ihre Räder in die Tiefgarage und fuhren mit dem Aufzug in den ersten Stock. Frau Kleist war gerade im Aufbruch.

»Gut, dass du kommst«, sagte sie zu Jana. »Gerade wollte ich dich anrufen. Ich muss nämlich weg, wir haben eine Konferenz. Daran hab ich gar nicht mehr gedacht, sonst hätte ich es dir schon heute Mittag gesagt. – Ihr beide kommt ja hoffentlich alleine klar. Wenn ihr Hunger habt, dann nehmt euch etwas aus dem Kühlschrank. Ich schätze, ich bin spätestens gegen neun zurück.«

»Super«, sagte Nele, als die Wohnungstür hinter Janas Mutter zugefallen war. »Jetzt haben wir sturmfreie Bude.«

»Ja, jetzt können wir es uns richtig gemütlich machen«, meinte Jana. »Willst du eine Pizza?«

»Keine schlechte Idee.«

»Mit Schinken oder Salami?« Jana hatte schon die Tür des Gefrierschranks geöffnet und stöberte.

»Lieber mit Schinken«, antwortete Nele und zog ihr Handy heraus. »Ich schicke meiner Mutter schnell eine SMS, dass ich bei dir bin und es vielleicht später wird.«

Jana heizte den Backofen vor und nahm die beiden Pizzen aus der Verpackung, während Nele auf ihrem Handy herumtippte.

»So, erledigt«, sagte sie, nachdem sie die Nachricht abgeschickt hatte. »Eigentlich schade, dass Hexen keine Handys vertragen. Es würde bestimmt viel Spaß machen, mit Elena und Miranda zu simsen.«

»Und E-Mails?«, fragte Jana, denn darüber hatten sie gar nicht geredet. »Meinst du, die beiden können wenigstens E-Mails bekommen?«

»Na, das dürfte doch kein Problem sein, denke ich.« Nele grinste. »Vorausgesetzt, sie kommen mit der Technik klar. Für die ist ein Computer völlig neu.«

»Wir können ihnen ja Nachhilfe geben.« Jana schaltete den Wasserkocher ein, um Tee zu kochen.

Nele setzte sich auf einen Küchenstuhl. »Mann – stell dir vor, was jetzt alles möglich ist! Das ist wie Weihnachten, Ostern und Geburtstag zusammen! Unser Leben wird sich völlig ändern ...«

Jana behielt das rote Lämpchen des Backofens im Auge, um zu sehen, wann der Ofen die richtige Hitze hatte.

»Darüber denke ich auch die ganze Zeit nach«, murmelte sie.

»Ich könnte Tom in mich verliebt machen – und mein sehnlichster Wunsch würde in Erfüllung gehen. Nur – will ich das? Will ich, dass sich ein Junge in mich verknallt, weil Hexerei im Spiel ist?«

»Mann, jetzt bist du pingelig«, meinte Nele. »Auf das Ergebnis kommt es an. Verknallt ist verknallt. Warum verknallt man sich sonst? Weil jemand super aussieht. Oder weil er eine tolle Stimme hat. Oder ein süßes Lächeln. Oder weil man zufällig zur selben Zeit am selben Ort ist. Oder weil man gerade den Bus verpasst hat. Das ist genauso albern. Warum also nicht Hexerei?«

»Ich muss noch darüber nachdenken«, erwiderte Jana. »Ich sage ja nicht, dass ich es nicht will.« Der Backofen hatte jetzt die notwendige Temperatur erreicht und sie schob die Pizzen in die Backröhre.

»Zack – ein Fingerschnippen und die Pizza ist heiß und knusprig«, fantasierte Nele. »Jana, was für Möglichkeiten! Wir müssen uns nichts mehr gefallen lassen – weder von den Jungs noch von den Lehrern. Und wir werden mit Elena und Miranda jede Menge Spaß haben, das garantier ich dir!«

»Na ja, sie wollen doch mit ihren Zaubereien hier vorsichtig sein«, meinte Jana. Sie stellte den Kurzzeitwecker ein und setzte sich neben Nele.

»Meinst du, man kann alle Probleme mit Zauberei lösen? Ohne dass man etwas dafür tun muss?«

Nele zuckte die Achseln. »Warum denn nicht?«

»Aber denk doch mal an Elenas Oma – wie lausig die Auto fährt!«, wandte Jana ein. »Ich glaube nicht, dass alles so einfach ist.«

Nele schnaubte abfällig. »Das ist wieder mal typisch für dich! Du machst dir immer zu viele Gedanken! Warum sollen wir nicht mal Glück haben? Sei doch endlich mal locker, Jana!«

Jana seufzte. Vielleicht sah sie tatsächlich alles zu kritisch. Und es wäre wirklich schön, wenn es mit Tom und ihr klappen würde. Davon hatte sie schon so lange geträumt …

# Guter Zauber hat Stil

»Verflixt, warum klappt das nicht?« Elena war mit ihrer Geduld langsam am Ende. Nele hatte ihr eine Test-E-Mail geschrieben und Elena hatte darauf geantwortet. Jetzt wollte sie die Mail abschicken, aber anstatt das Postfach zu verlassen, blieb die Mail hängen, und auf dem Bildschirm erschien immer wieder ein graues Viereck: *Mail hat noch keinen Betreff*. Elena klickte wie wild mit der Maus.

»So ein Mist! Was mache ich falsch?«

Nele und Jana hatten ihr und Miranda alles gezeigt und Nele hatte ihnen beiden sogar eine E-Mail-Adresse eingerichtet. Elena hatte geglaubt, dass sie alles begriffen hatte. Aber trotzdem funktionierte es nicht. Elena starrte wütend auf das graue Viereck, das einfach nicht verschwinden wollte. Der Hexilbeauftragte hatte ihnen beim Einzug geraten, Technik und Magie nicht zu kombinieren, weil sich daraus Probleme ergeben konnten. Aber jetzt juckte es Elena in den Fingern. Sie wollte vor Nele nicht dumm dastehen. Sie konzentrierte sich und schnippte mit den Fingern. *Raus mit dir, du blöde Mail!* Im gleichen Moment kam Miranda ins Zimmer.

»Kommst du klar?«

Das graue Viereck war verschwunden. Die Antwort-Mail auch. Auf dem Bildschirm waren nur wirre Zahlen und Buchstaben zu sehen. Dann erschienen Streifen. Schließlich fing der Computer an zu piepsen und der Bildschirm wurde dunkel.

»Was hast du gemacht?«, fragte Miranda.

»Nur eine Mail an Nele abgeschickt.« Elena starrte auf den dunklen Bildschirm. Das nervtötende Piepsen hörte auf. Elena griff nach der Maus. Es tat sich nichts.

»Du hast den Computer kaputt gemacht«, stellte Miranda fest.

»Das kann doch nicht sein«, widersprach Elena. »Ich hab fast gar nichts gemacht. Ich wollte nur, dass die Mail endlich abgeschickt wird. Davon kann das Gerät nicht kaputtgehen. Oder doch?« Sie sah Miranda zweifelnd an.

Miranda zuckte die Achseln. »Ich weiß es nicht.«

Elena stand auf. »Na gut, ich sag Oma Bescheid. Vielleicht kriegt sie den Computer wieder hin. Hach, ist das alles kompliziert! Ich wünschte, Nele und Jana hätten einen *Transglobkom*, das wäre viel einfacher!«

Sie stand auf und ging in die Küche. Dort traf sie Jolanda, die gerade versuchte, nach einem Rezept aus dem Buch »Die perfekte Köchin bittet zu Tisch« einen Schokoladenkuchen zu backen. Nur mit Originalzutaten aus dem Supermarkt und ohne Hexerei. Jolanda schwitzte. Sie hatte eben in die Backröhre geschaut und war mit dem Ergebnis mehr als zufrieden.

## Leckerer Schokoladenkuchen

Zutaten:

- 2 Tassen Zucker
- 1 3/4 Tassen Mehl
- 3/4 Tasse Kakao
- 1 1/2 Teelöffel Backpulver
- 1 1/2 Teelöffel Natron
- 1 Teelöffel Salz
- 1 Tasse kochend heißes Wasser
- 2 Eier
- 1 Tasse Milch
- 1/2 Tasse Öl
- 2 Teelöffel Vanilleextrakt (oder 1 kleine Flasche Buttervanille)

Alle trockenen Zutaten in einer großen Rührschüssel mischen. Dann die Eier, Milch, Öl und Vanille zugeben und mit einem Mixer auf höchster Stufe 2 Minuten verrühren.
Das Wasser zugeben und kurz vermischen.
Teig in eine große Springform geben (Es geht auch Gugelhupfform oder Kastenform!) und backen.
Je nach Backform beträgt die Backzeit 30 – 50 Minuten bei 160 – 180 Grad. Mit der Stricknadel prüfen, ob der Kuchen schon durch ist. – Man kann den Kuchen anschließend noch mit einem Guss überziehen. Oder man schneidet ihn auf und füllt ihn mit Marmelade oder eingemachten Kirschen.

»Wo ist Oma?«, fragte Elena.

»Keine Ahnung«, murmelte Jolanda, die Augen auf den Herd gerichtet. »Sie hat sich ja bei etlichen Volkshochschulkursen angemeldet, und ich weiß nicht, ob sie jetzt gerade bei *Yoga für die reife Frau* ist oder bei *Klöppeln und Weißstickerei* oder bei *EDV für Anfänger*. Mona meint, sie lernt am meisten über die Menschen, wenn sie das tut, was die Menschen auch tun. Ich hab ihr gesagt, sie soll ihren Terminplan an die Pinnwand hängen, damit wir Bescheid wissen. Ihren *Transglobkom* nimmt sie ja bei solchen Veranstaltungen nie mit.«

»Der Computer geht nicht mehr«, sagte Elena kleinlaut.

»Hast du gehext?«, fragte Jolanda sofort.

»So gut wie nicht.« Elena zog die Schultern hoch. »Na ja, ein bisschen. Da war so ein komisches Viereck, das ging einfach nicht weg.«

»Ich werde Aaron Holzin anrufen«, sagte Jolanda. »Er wird uns sagen, was wir mit dem Computer machen sollen. – Kannst du bitte wieder Rufus abholen? Der Kindergarten ist gleich aus und ich muss hier auf den Kuchen aufpassen. Schrecklich umständlich, wie die Menschen so was machen. Ich hoffe, er schmeckt wenigstens.«

»In Ordnung, ich geh gleich los«, sagte Elena, obwohl sie eigentlich nicht darauf erpicht war, die Erzieherin wiederzusehen.

»Du, Elena …«

»Ja?«

»Ich werde mich vermutlich wirklich mit Menschenmännern treffen müssen«, sagte Jolanda und klang dabei nicht sehr glücklich. »Natürlich nur wegen der Forschungsarbeit. Ich muss herausfinden, wie sie sich verlieben …« Ihre Wangen röteten sich.

Elena wartete. Das war noch nicht alles gewesen. Ihre Mutter hatte noch mehr auf dem Herzen, das spürte sie.

»Was würdest du denn tun, wenn … wenn deine beste Freundin ein Leguan wäre?«, fragte Jolanda. »Du würdest doch auch mit anderen Mädchen weggehen, oder? Oder hättest du dabei immer ein schlechtes Gewissen?«

»Das kann man nicht vergleichen, Mama.«

»Ich will ja nicht heiraten oder so.« Jolanda stieß tief die Luft aus. »Es ist nur wegen der Informationen. Das würde Leon bestimmt verstehen. Wenn unser HEXIL vorbei ist … in fünf Jahren … dann werden sie Leon vielleicht begnadigen. Aber sie werden es nur tun, wenn wir wirklich gute Arbeit mit unseren Forschungen leisten. Wenn ich mich mit anderen Männern treffe, dann helfe ich damit eigentlich Leon …«

Elena schluckte. »Ja, Mama«, sagte sie, obwohl es ihr das Herz zerschnitt. »Das klingt logisch. Du machst es bestimmt richtig.«

»Oder glaubst du, dass Leon tatsächlich für immer ein Leguan bleibt – trotz unserer Anstrengungen?« Tiefe Sorgenfalten standen auf Jolandas Stirn.

Elena atmete tief. Jetzt wäre eine gute Gelegenheit gewesen, ihrer Mutter von dem rätselhaften Amulett zu erzählen, das sie und Miranda im Terrarium gefunden hatten. Aber sie tat es nicht.

»Es gibt bestimmt eine Lösung, Mama«, sagte sie. »Papa wird zu uns zurückkommen. Da bin ich ganz sicher.«

Jolanda lächelte Elena dankbar an.

»Jetzt werde ich Rufus abholen«, sagte Elena. Sie war froh, als sie die Küche verließ. Alles war so kompliziert! Es tat Elena richtig weh, wenn sie sich vorstellte, dass Mama mit einem Freund ankommen würde – selbst wenn es zu Forschungszwecken war! Die traurigen Augen von Papa konnte sie sich gut vorstellen …

Miranda kam diesmal nicht mit zum Kindergarten. Aaron Holzin hatte vor Kurzem ein Fahrrad besorgt und sie wollte damit im Garten üben.

»Es ist nämlich ganz schön lästig, wenn man auf einen Besen verzichten muss«, sagte sie. »Und mit deiner Oma fahr ich nicht gerne Auto.«

Das konnte Elena gut verstehen. Sie hatte auch schon versucht, auf dem Fahrrad zu fahren, aber sie war gleich zweimal umgefallen. Vielleicht hatte Miranda mehr Glück.

Rufus spielte noch in der Spielecke, als Elena in den Kindergarten kam. Er wollte sich nicht von den Bausteinen trennen, und Elena hatte Mühe, ihn zu überreden, nach Hause zu gehen. Gerade, als sie ihm im Gang die Straßenschuhe anzog, klingelte im Büro der Erzieherin das Telefon. Weil die Tür halb offen stand, konnte Elena das Gespräch mit anhören.

»Ja, ich bin selber am Apparat. Wie? Sie haben schon das Ergebnis der tierärztlichen Untersuchung? Wunderbar. Und was ist dabei herausgekommen?«

Die Erzieherin machte eine Pause. Elena lauschte mit angehaltenem Atem. Rufus nutzte die Gelegenheit, um sich den linken Schuh wieder auszuziehen.

»Aus reinem Kautschuk? – Das kann nicht sein! Die Tierchen krochen über den Sand, ich habe es selbst gesehen. – Ich soll mal meine Augen überprüfen lassen? Unverschämtheit!«

Elena hörte, wie die Erzieherin den Hörer auf die Gabel knallte. Dann kam die junge Frau aus dem Büro. Ihr Gesicht war gerötet.

»Ach, Rufus wird wieder von seiner Schwester abgeholt. Wie schön.«

»Hallo.« Elena bemühte sich, eine harmlose Miene aufzusetzen.

»Was machen die Leguane?«, wollte die Erzieherin wissen und lächelte süßlich.

»Wir haben nur einen.«

»Und die Jungen?«

»Welche Jungen?«, fragte Elena. Sie zog Rufus den linken Schuh wieder an. »Unser Leguan ist ein Männchen.«

»Und die Tierchen, die dein Bruder neulich mitgebracht hat?«

»Das waren doch nur kleine Plastiksaurier«, sagte Elena und stand auf. »Nicht echt. Das wissen Sie doch.«

Die Unterlippe der Erzieherin bebte. »Ich bin nicht verrückt. Ich habe gesehen, wie sie über den Sand gelaufen sind.«

Elena zuckte die Achseln. »Das hat dann bestimmt am Sand gelegen. Vielleicht … vielleicht war es eine Düne. Eine Wanderdüne …«

»Äh … Wanderdüne«, wiederholte die Erzieherin verwirrt. »Ja … ähm, daran habe ich noch gar nicht gedacht.«

»Das ist die einzige Erklärung«, sagte Elena. »Plastiksaurier können ja nicht laufen.«

Die Erzieherin schüttelte langsam den Kopf. »Nein, das können sie nicht.«

»Wiedersehen«, sagte Elena und fasste Rufus an der Hand. »Und einen schönen Tag noch.«

»Der Händler hat das Gerät noch einmal umgetauscht – auf Garantie«, sagte Aaron Holzin am Abend und stellte einen großen Pappkarton auf den Couchtisch. Darin befand sich ein neuer Computer. »Das war sehr großzügig von ihm. Ich weiß, dass das Gerät bis heute Mittag einwandfrei funktioniert hat. Ich bitte Sie noch einmal ganz ausdrücklich, mit Magie vorsichtig zu sein, was den Computer angeht. Beim Zaubern entstehen Spannungen, die die hochempfindliche

Technik stören oder gar zerstören – wie in diesem Fall. Ich helfe Ihnen zwar gerne, aber ich kann den Computer nicht jede Woche umtauschen.«

»Verstehe«, sagte Mona, die auf der Armlehne des Sessels saß und die Beine übereinandergeschlagen hatte. »Das würde uns natürlich verdächtig machen. Vielen Dank, Holzin, Sie haben uns wieder einmal sehr geholfen.«

»Ich bin noch nicht fertig«, sagte der Hexilbeauftragte. »Ich muss den Computer aufstellen und einrichten, damit Sie überhaupt mit ihm arbeiten können. Das kostet mich bestimmt wieder zwei Stunden.«

»Dann bleiben Sie zum Essen?«, fragte Mona. »Jolanda hat einen köstlichen Schokoladenkuchen gebacken, den gibt es zum Nachtisch.«

»Danke sehr, aber ich esse abends nie«, sagte Aaron höflich. »Ich muss auf meine Linie achten, und gerade Kuchen ist ungeheuer nahrhaft ...«

»Wenn Sie wollen, könnte ich Ihre Stoffwechselgeschwindigkeit etwas erhöhen, dann haben Sie nie wieder Probleme mit Ihrem Gewicht«, bot Mona ihm an.

»Vielleicht werde ich eines Tages auf Ihr Angebot zurückkommen«, sagte Aaron höflich. Dann öffnete er den Karton und holte den Computer heraus. Wenig später kroch er auf dem Boden herum, um alle Kabel richtig einzustecken.

Mona sah eine Weile zu, dann wurde es ihr zu langweilig, und sie ging in die Küche, um Jolanda zu helfen. Miranda und Elena waren damit beschäftigt, das Terrarium zu säubern, und Daphne stritt sich im Treppenhaus wieder einmal lauthals mit Gregor.

»Sobald der Computer wieder geht, versuche ich es noch mal mit dem Mailen«, sagte Elena zu Miranda, wäh-

### Monas Schlankheits-Zauberspruch

»Körper, du musst schnell vergessen,
was ich heute hab gegessen,
zähl die Butter nicht, die Sahne,
nur die Gurke, nicht Banane,
nicht den Zucker, nur Salat,
weh, oh weh, schon zwickt die Naht!
Zähl nur Wasser, nicht den Wein,
nicht den Nachtisch, den lass sein.
Horte nicht die Kalorien,
lass die meisten einfach ziehen!«

rend sie die Abfälle aus der Bodenschale in die Biotonne kippten. »Ich muss das einfach hinkriegen. Bei Nele hat es so leicht ausgesehen.«

»Vielleicht solltest du mit Nele telefonieren, bevor du die Mail abschickst«, meinte Miranda. »Heute Abend ist es günstig, denn ich habe vorhin gehört, dass deine Mutter und deine Großmutter ausgehen wollen.«

Elena ließ die Bodenschale sinken. »Ausgehen? Wohin denn?«

»Deine Großmutter will deine Mutter zu irgendeiner Ausstellung schleppen – wahrscheinlich mit dem Hintergedanken, Männer kennenzulernen.«

Elena seufzte. Also machte Mama ihren Plan wahr …

»Sei nicht traurig«, meinte Miranda. »Das muss gar nichts bedeuten.«

»Und wenn doch?«

»Ach was.« Miranda legte Elena aufmunternd die Hand auf die Schulter.

Trotzdem war Elenas Herz schwer, als sie ins Haus zurückkehrten. Während Miranda die Bodenschale neu einstreute, nahm Elena den Leguan auf den Arm. Er war acht Kilo schwer, und lange konnte Elena ihn nicht tragen. Sie setzte sich auf die Couch, sodass der lange Schwanz über die Lehne ragte, und streichelte das Tier.

»Lieber Papa«, murmelte sie. »Ich könnte dir so viel erzählen … Miranda und ich haben inzwischen zwei Freundinnen, die sind unheimlich nett. Und Miranda hat heute Nachmittag versucht, das Radfahren zu lernen. Es klappt schon ganz gut. Ich bin wahrscheinlich zu ungeschickt dazu … Und in der Schule sollen wir Handstand machen, stell dir vor. Aber bisher konnten wir uns davor drücken.«

Aus der Ecke kam ein Stöhnen. Aaron hatte sich an der Wand den Kopf angeschlagen. Dann tauchte der Hexilbeauftragte unter dem Computertisch auf, rieb sich die Stirn und schaltete das Gerät ein.

Elena kraulte zärtlich den Leguan. Er sah sie unverwandt an.

»Wenn du nur reden könntest«, sagte Elena. »Dann könnten wir uns wenigstens unterhalten. Ich könnte dich etwas fragen und du würdest antworten. Aber du bist immer so stumm … Ach!«

»Die Kiste läuft«, rief Aaron triumphierend, als hätte er ein neues Weltwunder vollbracht. »Drucker, Internet, Schreibprogramm – alles funktioniert. Schneller, als ich gedacht habe. Ihr könnt loslegen. Aber bitte ohne Magie!«

Mona kam aus der Küche und war ganz entzückt, dass Aaron seine Arbeit schon erledigt hatte. Sie wiederholte ihre Einladung zum Abendessen, aber der Hexilbeauftragte lehnte ein zweites Mal ab. Mona bedankte sich für seine Hilfe und brachte ihn zur Haustür. Wenig später kam sie gut gelaunt ins Wohnzimmer zurück, aber als ihr Blick auf Elena fiel, verschwand ihre gute Laune schlagartig.

»Willst du dieses Vieh etwa den ganzen Abend auf dem Arm halten?«

»Vielleicht«, sagte Elena trotzig. »Und Papa ist kein *Vieh!*«

»Na gut. Tu, was du willst. Dann essen wir eben ohne dich zu Abend«, sagte Mona kühl und ging in die Küche.

Der Leguan wurde unruhig.

»Mach dir nichts draus«, flüsterte Elena und küsste die Stirn des Leguans. »Ich mag dich. Und Mama mag dich auch. Und Daphne. Und Rufus. Selbst Miranda kann dich gut leiden. Auf Oma kannst du doch pfeifen, nicht wahr?«

Der Leguan senkte den Kopf und lag ganz flach. Er wirkte so hilflos … Elena empfand große Zärtlichkeit für ihn. Manchmal wünschte sie sich, dass Papa wenigstens Feuer spucken könnte, um sich bei Oma etwas mehr Respekt zu verschaffen.

»Du wirst mir jetzt zu schwer«, sagte Elena. Sie merkte, dass ihr Arm langsam einschlief. Miranda hatte das Terrarium inzwischen hergerichtet. Elena setzte den Leguan hinein und schloss den Deckel. Dann wusch sie sich die Hände und ging in die Küche.

»Ich hab eigentlich gar nichts anzuziehen«, sagte Jolanda

gerade. »Und außerdem sitzen meine Haare heute überhaupt nicht.«

Aha, dachte Elena. Mama sucht nach Ausreden, um nicht mitgehen zu müssen.

Mona lächelte. Sie hatte Jolandas Taktik natürlich auch durchschaut. »Dass die Haare nicht sitzen – war das je ein Problem für dich? Außerdem kannst du ja einen Hut aufsetzen. Genau wie ich.« Sie lächelte Elena an, als hätte es den Vorfall im Wohnzimmer nie gegeben. »Wir werden uns nämlich eine Kunstausstellung anschauen. *Landschaftsaquarelle und Seelenlandschaften*. Die Ausstellung ist im Foyer der Städtischen Bank. Ich glaube, ich werde dazu wieder meinen neuen Hut tragen, den mit dem Hummer.«

»Lieber keinen Hut«, sagte Elena.

»Warum nicht?«, fragte Mona. »Ich liebe nun mal Hüte. Ohne Hut fühle ich mich in der Öffentlichkeit nackt.«

»Nele hat gesagt«, Elena zögerte, »dass manches, was du trägst, ziemlich auffällig ist.«

»So, sagt sie das?«, wollte Mona wissen. »Ich finde nicht, dass Nele das etwas angeht.«

»Ich finde doch«, widersprach Elena. »Sie ist ein Mensch und kennt sich aus. Und wenn sie behauptet, dass deine Kleidung aus dem Rahmen fällt, dann hat sie wahrscheinlich recht.«

»Aha, sie fällt also aus dem Rahmen.« Mona dachte nach. »Da bringst du mich auf eine gute Idee.«

Sie ging ins Wohnzimmer. Über dem Kamin hing ein großes Gemälde, das eine Frau in einem wunderschönen Kleid zeigte. Mona schnippte mit den Fingern, und das Kleid glitt von den Schultern der Frau. Diese stand plötzlich in aufreizenden Dessous da, ein Knäuel aus rotem Stoff zu ihren Füßen. Langsam rutschte der Stoff noch weiter herab und fiel schließlich aus dem Bild auf den Boden. Mona schnippte wieder mit den Fingern. Das rote Kleid erhob sich und schwebte zu ihr. Mona griff danach.

»Das ist das Richtige für dich, Jolanda. Du wirst darin bezaubernd aussehen. Das Rot ist genau deine Farbe und der Schnitt ist sehr figurfreundlich. Ich hätte dir ja schon längst ein paar Kilo weggehext, aber ...«

»Ich will nun mal nicht, dass du künstlich nachhilfst«, sagte Jolanda. »Ich fühle mich wohl, so wie ich bin.«

»Was heißt hier künstlich?« Mona schüttelte den Kopf. »Einige Menschen lassen sogar Schönheitsoperationen machen, wie ich heute in *Klöppeln und Weißstickerei* gehört habe. Emma will sich demnächst das Fett absaugen lassen. Das ist künstlich, Jolanda! Ich dagegen hexe nach ökologisch einwandfreier Methode.«

»Nein, Mutter«, sagte Jolanda. »Gib es auf. Du kannst mich nicht überreden. – Aber das Kleid gefällt mir und ich probiere es gleich an.« Sie verschwand.

Mona ging in die Küche zurück, öffnete eine Schranktür nach der anderen und summte dabei fröhlich vor sich hin. »Nun brauchen wir nur noch ein bisschen Waselnussöl, damit sie unwiderstehlich wird!«

*Waselnussöl*, dachte Elena. Das muss ich mir merken – für Jana. Obwohl sie sich gar nicht sicher ist, ob sie Tom noch will ...

## Waselnussöl

Hochwirksames Parfüm, obwohl es fast geruchlos ist. Waselnussöl wird aus den seltenen Waselnüssen hergestellt. Es ist ein langer Prozess, bis man aus ihnen das wertvolle Öl gewonnen hat. Die Wirksamkeit ist unübertroffen. Ein Tropfen Waselnussöl – versehen mit dem richtigen Zauberspruch – genügt, um den Mann deiner Wahl auf dich aufmerksam zu machen. Er fühlt sich ungemein zu dir hingezogen und wird dir nur schwer von der Seite weichen, solange das Parfüm an dir haftet …

»Geh doch mal weg!« Nele schubste ihre Schwester Silke von dem Computer weg. »Die halbe Stunde ist um. Und es ist *mein* Computer, vergiss das nicht.«

Maulend verzog sich Silke auf ihr Bett und blätterte in einem Comic.

Nele beendete das Jump-and-Run-Spiel, das ihre Schwester gerade gespielt hatte, und rief ihr E-Mail-Programm auf.

Bingo! Eine Mail von Elena!

*Hallo Nele!*

*Meine Mail heute Mittag wollte erst nicht raus, da musste ich mit meinen H-Kräften ein wenig nachhelfen. Leider ging dabei der Computer kaputt. Unser Betreuer hat zum Glück wieder ein neues Gerät vorbeigebracht. Damit werde ich jetzt vorsichtiger sein. Ist meine vorige Nachricht überhaupt angekommen? Vielleicht habe ich sie ja auf den Mars geschickt! ;-)*

*H-Kräfte und Technik vertragen sich anscheinend nicht so*

*gut. H-Kraft ist wahrscheinlich stärker als Technik. Miranda benutzt ja immer ihren Zeigefinger anstatt die Fernbedienung, um umzuschalten. Bisher ist unser Fernsehapparat heil geblieben. Ich weiß jetzt übrigens, wie ich Jana mit Tom helfen könnte – obwohl ich noch nicht mein H-Diplom habe. Miranda ist in diesen Dingen besser als ich, ich durfte nämlich vieles nicht lernen. Eines Tages erzähle ich dir, warum das so war …*

*Meine Mutter und meine Oma sind gerade ausgegangen, um sich eine Ausstellung anzusehen. Oma wollte wieder ihren Hut mit dem Hummer aufsetzen, aber das konnte ich ihr zum Glück ausreden. Ich hab ihr nämlich gesagt, dass du den Hut unmöglich findest.*

*Jetzt hoffe ich, dass diese Mail auch bei dir ankommt.*

*Viele Grüße von Elena.*

Nele lächelte. Dann schrieb sie zurück:

*Liebe Elena,*

*deine Mail ist angekommen, aber die von heute Mittag habe ich nicht bekommen. Vielleicht ist deine Nachricht tatsächlich auf dem Mars gelandet und trifft sich dort mit anderen Mails, die auch nie angekommen sind!*

*Aber dass du mit deiner Hexenkraft den Computer ruiniert hast! Sei da bloß vorsichtig! Die Geräte sind nämlich schweineteuer. Mein Computer ist gebraucht. Er hat vorher meinem Bruder Max gehört, er hat sich vor einem halben Jahr einen neuen gekauft.*

*Deine Andeutungen machen mich neugierig. Warum durftest du manches nicht lernen? Gibt es da ein Geheimnis?*

*Gleich läuft im Fernsehen meine Lieblingsserie, deswegen mache ich jetzt Schluss.*

*Bis bald, Nele.*

Nele klickte mit der Maus das Feld »Senden« an, und die Mail machte sich auf den Weg zu Elena. Nele stellte sich vor, wie unzählige elektronische Impulse durch Luft und Leitungen sausten und in Sekundenschnelle beim Adressaten ankamen. Genau genommen war das auch eine Art von Hexerei …

Welches Geheimnis Elena wohl hatte? Nele wurde immer neugieriger. Das musste sie unbedingt herauskriegen! Wenn Elena merkte, dass sie ihr und Jana wirklich vertrauen konnte, dann würde sie es ihr bestimmt erzählen …

Nele überlegte. Morgen war Samstag, also keine Schule. Aber vielleicht konnten sie sich trotzdem zu viert treffen.

Nele schickte noch eine zweite Mail hinterher.

*Liebe Elena,*

*morgen Vormittag habe ich Leichtathletik, aber um elf Uhr bin ich fertig. Willst du vor der Jahn-Turnhalle auf mich warten? Dann können wir ein Eis essen gehen. Du kommst doch mit Miranda, oder? Ich schicke Jana gleich noch eine SMS.*

*Ciao, Nele.*

Die Mail verließ den Postausgang und Nele fuhr den Computer herunter.

»Komm, Silke, fernsehen. Sonst verpassen wir, wie es mit Luisa und Jan weitergeht!«

Elena saß noch immer vor dem Computer und surfte im Internet. Langsam begriff sie die Funktionsweise des Geräts, und es machte ihr immer mehr Spaß, Dinge auszuprobieren. Bisher war sie auch nicht in Versuchung gekommen zu hexen, selbst wenn etwas nicht gleich auf Anhieb klappte.

Miranda hatte eine Weile zugesehen, aber dann war es ihr zu langweilig geworden.

»Daphne hat in ihrer Zeitschrift gelesen, dass Menschen manchmal computersüchtig werden«, sagte sie. »Aber anscheinend sind Hexen genauso anfällig. Ich geh jetzt in mein Zimmer und werde noch ein bisschen lesen.«

»Ich bin hier auch gleich fertig«, erwiderte Elena.

Eigentlich hatte sie tatsächlich vor, bald nachzukommen, aber dann entdeckte sie eine weitere interessante Internet-Seite, und schließlich kam auch noch eine Mail von Nele.

*Hallo Elena,*

*bist du noch auf? Die Folge von »Liebe ohne Ende« war leider totaler Schwachsinn, Luisa hat sich mit Jan verkracht, außerdem hat Jans Mutter einen Geliebten. – Ich geh jetzt schlafen, sonst bin ich morgen nicht fit und bau in Leichtathletik nur Mist. Gute Nacht, Nele.*

Elena schrieb gleich zurück.

*Liebe Nele,*

*ich versteh noch immer nicht, wie du freiwillig Handstand machen kannst – ich hätte da immer ein ungutes Gefühl!!*

*Ich warte morgen vor der Turnhalle auf dich, Miranda kommt auch. Dir auch eine gute Nacht. Elena.*

Sie beobachtete misstrauisch, ob die Mail auch tatsächlich den Postausgang verließ. Ja, es klappte. Elena seufzte und fuhr den Computer herunter. In diesem Moment hörte sie, wie die Haustür aufgeschlossen wurde. Anscheinend kamen Jolanda und Mona schon zurück. Elena wollte nicht, dass die beiden merkten, dass sie noch auf war. Schnell löschte sie das Licht und verkroch sich in eine dunkle Ecke neben dem Kamin – hinter eine bauchige Bodenvase.

In der Eingangshalle ertönten Stimmen. Elena hörte, wie ihre Mutter albern kicherte und Mona schrill lachte. Die beiden schienen in ausgelassener Stimmung zu sein! Doch dann vernahm Elena noch eine dritte Stimme – sie klang tief und dunkel. Ein Mann!

Elena hielt den Atem an, als die Wohnzimmertür geöffnet wurde. Mona schwebte herein und machte Licht, ohne den Schalter zu berühren – eine alte Angewohnheit. Zum Glück bemerkte es der Mann nicht, der hinter ihr den Raum betrat. Er hatte nur Augen für Elenas Mutter.

»Ich hole mir nur noch ein Glas Wein aus der Küche, dann lasse ich euch beide allein«, verkündete Mona. »In meinem Alter braucht man nämlich seinen Schönheitsschlaf, haha. Jede durchgemachte Nacht rächt sich mit einer neuen Falte!«

Elena verzog das Gesicht. Wie war Oma denn drauf? Sie ging tatsächlich nur in die Küche und kam mit einem Glas Rotwein zurück. An der Wohnzimmertür schickte sie noch eine Kusshand zu Jolanda und dem Fremden, dann war sie verschwunden.

»Ihre Mutter ist eine kluge Frau«, sagte der Fremde. »Sie weiß, wann man sich am besten zurückzieht.«

»Das klingt ja fast so, als hätten Sie irgendwelche Absichten, Herr Professor.« Jolanda lachte nervös und versuchte, etwas mehr Abstand zwischen sich und den Fremden zu bringen. Doch der Professor klebte an ihr wie eine Klette. Elena schätzte ihn etwa auf Anfang fünfzig. Er war groß, sehr schlank und gut aussehend. Elena mochte es trotzdem nicht, dass er Jolanda ständig auf die Pelle rückte. Im Moment sah es so aus, als schnüffelte er fasziniert an ihrem Nacken, und zwar dort, wohin Mona das Waselnussöl getropft hatte.

»Wie finden Sie denn unser Wohnzimmer?«, fragte Jolanda und versuchte, sich ihm zu entziehen.

»Sehr geschmackvoll«, murmelte der Professor, ohne den Kopf zu heben. Jolandas Schultern schienen ihn viel mehr zu interessieren.

»Sie schauen ja gar nicht!«

»Oh doch.« Der Mann sah sich pflichtschuldig um. Sein Blick blieb an dem Gemälde hängen. Die gemalte Frau präsentierte noch immer ihre Dessous, denn Jolanda trug ja ihr Kleid. »Sehr ungewöhnliches Bild. Etwas pikant, würde ich sagen. Aber nicht schlecht, überhaupt nicht schlecht! Sie scheint in etwa Ihre Figur zu haben, Frau Bredov. Fast will ich behaupten, dass Sie das sind. Haben Sie dem Maler Modell gestanden?«

»Sie sind ein Schmeichler, Professor Strohmann.« Jolanda kicherte verlegen. »Diese Frau sieht mir doch überhaupt nicht ähnlich. Sie ist viel schöner als ich.«

»Ich finde Sie einfach hinreißend, Jolanda …«

Elena verdrehte die Augen. Es war unerträglich, wie sich dieser Professor einschleimte.

»Ich hole uns jetzt mal eine Flasche Wein und zwei Gläser.« Jolanda fuhr sich hektisch durch die Haare und lief in die Küche.

Der Professor ging inzwischen im Wohnzimmer herum. Er betrachtete die Stehlampe und den Kamin. Elena fürchtete schon, er würde sie in ihrer Ecke entdecken, doch er drehte zum Glück ab und wandte sich dem Fenster zu. Dann fiel ihm das Terrarium im Erker auf. Mit zwei großen Schritten war er dort und schlug das Tuch zurück, mit dem die Bredovs jeden Abend das Terrarium abdeckten, damit der Leguan nicht durch das Licht gestört wurde. Als Jolanda aus der Küche kam, stand der Professor völlig gebannt da und starrte durch die Glasscheibe.

»Sie besitzen da ein wunderbares Exemplar«, sagte er. »Woher haben Sie das Tier?«

»Das ... äh ... das war ein Geschenk«, erwiderte Jolanda unsicher.

Sie stellte die Weinflasche und die beiden Gläser auf dem Couchtisch ab. »Soll ich ein bisschen Musik auflegen? Mögen Sie Klassik, Herr Professor?«

Professor Strohmann antwortete nicht. »Auf den ersten Blick scheint es ein ganz gewöhnlicher Grüner Leguan zu sein, aber auf den zweiten gibt es einige gravierende Unterschiede. Die Wangenschuppen sind anders geformt und die Femoralporen an den Hinterbeinen sind auch etwas auffällig. Mir scheint, es handelt sich bei diesem Leguan um eine völlig unbekannte Art. Aber meine Kollegen sind größere Spezialisten für Reptilien als ich. Wäre es vielleicht möglich, dass wir das Tier einmal eingehend untersuchen?«

»Aber Professor Strohmann!« Jolanda lachte, aber in Elenas Ohren klang das Lachen etwas künstlich. »Können Sie nicht einmal an einem Abend wie diesem Ihren Beruf vergessen? Eben machen Sie mir noch die schönsten Komplimente ... und jetzt ... jetzt scheint dieser Leguan plötzlich viel interessanter zu sein als ich!«

Sie trat auf ihn zu und berührte ihn von hinten an den Schultern. Der Professor drehte sich um. Jolanda lächelte ihn an. Sie sahen sich tief in die Augen. Dann beugte sich der Professor vor, um Jolanda zu küssen.

Elena hielt die Luft an. Ihre Mutter ließ den Kuss tatsächlich zu! Zwar hatte sie blitzschnell das Tuch über das Terrarium gezogen, sodass Papa nicht sehen konnte, was sie gerade mit dem Professor tat. Aber jetzt standen die beiden im Erker und knutschten, und es sah nicht so aus, als fände Jolanda das besonders unangenehm! Elena dagegen fühlte sich immer unbehaglicher. Am liebsten wäre sie aufgesprungen und dazwischengegangen! Vielleicht konnte sie den beiden das Vergnügen wenigstens mit einem kleinen Zauberspruch verderben! Doch auf die Schnelle wollte Elena kein passender Spruch einfallen. Während sie noch grübelte, ertönte plötzlich ein Geräusch, als würde etwas gegen die Scheibe klatschen. Jolanda und der Professor fuhren irritiert auseinander.

»Was war das?«, fragte er. »Ist ein Nachtvogel gegen die Fensterscheibe geflogen?«

Jolanda schüttelte den Kopf. Sie zog das Tuch vom Terrarium. Der Leguan rutschte gerade von der Scheibe, machte sich aber schon zu einem neuen Anlauf bereit. Elena zuckte zusammen, als der Leguan zum zweiten Mal mit voller Wucht gegen die Glaswand prallte.

»Ganz klar, er sieht in mir einen Rivalen«, sagte Professor Strohmann und lachte leise. »Das Tier ist eindeutig auf Sie geprägt. Es ist ja auch ein Männchen.«

»Vielleicht sollten Sie jetzt doch lieber gehen«, meinte Jolanda. Sie hatte ein rotes Gesicht.

»Ich möchte meinen Mann … äh … das Männchen nicht noch mehr aufregen.«

»Es ist nicht gut, Tiere zu sehr zu vermenschlichen«, sagte der Professor ernst. »Aber ganz abgesehen davon, Jolanda … Ich würde gerne noch etwas bleiben …«

»Besser nicht.« Jolanda schob ihn in Richtung Tür. »Ich … äh … ich bin sehr müde … und ich habe auch Kopfschmerzen … Die vielen Bilder in der Ausstellung … es tut mir leid …«

»Warum der plötzliche Sinneswandel?«, fragte Professor Strohmann mit samtiger Stimme. »Habe ich etwas falsch gemacht, Jolanda?« Er versuchte, sie wieder an sich zu ziehen.

»Nein … ja … nein …« Jolanda machte sich los. »Ich bin mir einfach nicht sicher, was ich will, und deswegen ist es besser, wenn Sie jetzt gehen.«

»Nenn mich wenigstens Gerhard …«

»Gut, dann eben Gerhard. Ich … ich werde mich bei dir melden, Gerhard.«

»Bestimmt?«

»Bestimmt!«

Jetzt waren die beiden draußen in der Eingangshalle, wo sie sich verabschiedeten, und Elena hörte nur noch ihr Gemurmel. Sie bewegte ihre steifen Glieder. Dann verließ sie ihr Versteck und lief zum Terrarium. Der Leguan hockte wie benommen auf dem Boden seines gläsernen Käfigs.

»Armer Papa!«, murmelte Elena. »Ich werde verhindern, dass sich dieser Schleimer an Mama ranmacht, das verspreche ich dir!«

# Wenn der Zauberspruch nichts taugt, wird er durch die Wiederholung nicht besser!

Was ist das?«, fragte Jana, als sie zu viert im Eiscafé saßen und Elena ein winziges Fläschchen auf den Tisch gestellt hatte.

»Waselnussöl«, antwortete Elena.

»Waselnuss?«, wiederholte Jana. »Du meinst wohl Haselnuss?«

»Nein, Waselnuss«, betonte Elena. »Die wächst nur dort, woher ich komme. Meine Großmutter hat einen Vorrat von dem Öl mitgenommen. Damit betört man Männer.«

»Und das soll wirken?« Jana nahm das Fläschchen in die Hand und drehte es. Sie war skeptisch. Die Flüssigkeit schimmerte goldgelb.

Elena nickte. »Ja. Ich habe selbst gesehen, wie es gewirkt hat. Bei meiner Mutter.« Sie wurde rot. »Sie ist gestern Abend ausgegangen und hat jemanden nach Hause mitgebracht.« Es schien ihr ziemlich peinlich zu sein, darüber zu reden.

»Aber es ist doch ganz normal, wenn sie einen Freund hat«, sagte Nele. »Leben deine Eltern denn schon lange getrennt?«

Elena schüttelte den Kopf. »Sie leben gar nicht getrennt.«

»Aber …« Nele sah Jana fragend an.

Jana hob die Schultern. Bei keinem ihrer Besuche hatten sie Elenas Vater gesehen, und Elena hatte auch nie über ihn gesprochen. Sie und Nele hatten ganz automatisch angenommen, dass Elenas Eltern geschieden waren oder nie geheiratet hatten.

»Es ist nicht einfach zu erklären«, murmelte Elena.

»Hat das etwas mit dem Geheimnis zu tun, das du gestern angedeutet hast?«, wollte Nele wissen.

Elena nickte. Sie spielte mit der Serviette. »Wenn ich es euch sage, dann werdet ihr vielleicht nicht mehr mit mir reden wollen. Oder ihr wollt nicht mehr meine Freundinnen sein. Zu Hause ist es mir jedenfalls so ergangen …«

»Wie kannst du so etwas von uns denken!«, sagte Jana sofort. »Natürlich bleiben wir deine Freundinnen! Was hältst du denn von uns!«

»Aber es ist ziemlich schlimm …« Elenas Stimme wurde immer leiser.

»Hast du jemanden umgebracht?«, platzte Nele ängstlich heraus.

»Oder ist dein Vater ein Mörder?«

Elena schüttelte den Kopf. »Nein. Man … äh … man beschuldigt ihn, dass er sich mit schwarzer Magie abgegeben hat. Er ist verurteilt worden … Ich bin aber überzeugt, dass er in Wirklichkeit unschuldig ist. Mama und Daphne denken genauso.«

»Ich auch«, sagte Miranda und griff nach Elenas Hand. »Ich glaube auch nicht, dass Herr Bredov etwas Unrechtes getan hat.«

Elena lächelte ihre Hexenfreundin dankbar an.

»Und jetzt sitzt dein Vater wohl im Knast«, meinte Nele.

»Aber das hättest du uns doch sagen können, Elena. Wir denken deswegen nicht schlecht von euch, bestimmt!«

Elena schüttelte den Kopf. »Er sitzt nicht im Knast«, flüsterte sie.

Jana und Nele wechselten einen Blick.

»Was ist dann mit ihm?«, fragte Jana.

»Ihr habt doch den Leguan in unserem Wohnzimmer gesehen«, sagte Elena und hob den Kopf. »Das ist Papa.«

»Oh!« Jana schluckte. Diese Nachricht musste sie erst verdauen. »Du meinst … äh …«

»Er wurde zur Strafe verwandelt«, erzählte Elena. »Niemand weiß, wie lange er ein Leguan bleiben muss. Vielleicht für immer. Wir haben durch den Strafprozess unser ganzes Vermögen verloren. Alle Freunde und Bekannte haben sich von uns zurückgezogen, und in der Schule … das war einfach nur die Hölle! Ich hätte auch niemals Zauberei studieren dürfen. Deswegen hatte meine Großmutter schließlich die Idee, ins HEXIL zu gehen.«

»Ins HEXIL?«, wiederholte Jana verwundert.

»Ja, so nennt man einen längeren Aufenthalt bei den Menschen«, erklärte Elena. »Wir bleiben voraussichtlich fünf Jahre, und wenn wir zurückkehren, dann wird es uns wahrscheinlich viel besser gehen. Jedenfalls kann ich dann jeden Beruf ergreifen, den ich will, und ich darf auch studieren.« Sie sah von einem zum anderen. »Das gilt natürlich auch für Daphne und Rufus.«

»Hm«, machte Nele. »Klingt ziemlich übel, was ihr da erlebt habt.«

Jana nickte. Sie hatte es geahnt. Das Hexenleben hatte nicht nur schöne Seiten. Wahrscheinlich war es komplizierter, als man es sich vorstellen konnte.

»Jetzt versucht meine Großmutter, meine Mutter zu überreden, dass sie sich mit Männern trifft«, sagte Elena. »Und gestern hat meine Mutter bei uns im Wohnzimmer einen Typen geküsst. Sie haben nicht gemerkt, dass ich im Zimmer war und alles mitgekriegt habe. Und Papa hat es auch mitgekriegt. Er ist vor lauter Eifersucht gegen die Scheibe gesprungen!« Ihre Lippen zitterten. Sie kämpfte mit den Tränen. »Ich weiß einfach nicht, was ich machen soll. Meine Großmutter kommandiert uns immer alle herum. Sie ist so stark ... Und sie hat meinen Vater noch nie leiden können, selbst ... selbst damals nicht, als er noch seine richtige Gestalt hatte.«

Jana hätte Elena gerne geholfen, doch sie wusste leider auch keinen Rat. Sie machte es wie Miranda und streichelte Elenas Hand. »Du Arme«, sagte sie. »Aber du kannst sicher sein, dass wir zu dir halten. Egal, was auch passiert!«

Nele nickte. »Wir sind schließlich Freundinnen!«

Auf dem Heimweg im Bus fühlte sich Elena getröstet. Sie war nicht mehr so verzweifelt wie in der Nacht zuvor. Es war ja gar nicht gesagt, dass sich ihre Mutter weiterhin mit dem Professor treffen würde. Miranda hatte gemeint, wenn der schlimmste aller Fälle eintreten sollte – nämlich dass Frau Bredov einen anderen Mann heiraten würde –, dann könnte der Leguan vielleicht bei Nele unterkommen; die Familie liebte doch Tiere. Doch Elena war über diesen Gedanken nur entsetzt. Dann konnte sie auch gleich zu Nele ziehen.

»Es muss doch eine Möglichkeit geben, wie man die Wirkung des Waselnussöls aufhebt«, sagte Elena zu Miranda, die gerade aus dem Busfenster sah.

»Wenn wir schon das Hexendiplom hätten, wäre das kein Problem«, erwiderte Miranda.

»Wir könnten Daphne fragen«, schlug Elena vor. »Die ist bestimmt nicht scharf drauf, dass Mama einen anderen Mann heiratet. Sie hat sich zwar ziemlich viel mit Papa gestritten, aber ich glaube nicht, dass sie einen Stiefvater will.«

»Und wenn ein *Mensch* merkt, dass wir Hexen sind …« Miranda blickte Elena an, ohne den Satz zu beenden.

Daran hatte Elena noch gar nicht gedacht. Nein, es war ganz und gar unmöglich. Sie mussten diesen Professor Strohmann irgendwie vergraulen, und zwar gründlich!

Der Bus hielt. Die beiden Mädchen stiegen aus und liefen das kurze Stück bis zum *Nachtigallenweg*. Als Elena von Weitem die Villa sah, überkam sie eine ungute Ahnung. Sie fragte sich, was es war. Das kleine rote Stadtauto war verschwunden, und Elena erinnerte sich daran, dass ihre Mutter am Morgen angekündigt hatte, eine Shoppingtour zu machen.

»Wenn ich ausgehen will, dann kann ich nicht immer die Kleider von Frauen aus Gemälden leihen«, hatte sie gesagt.

Mona hatte sich gleich angeboten, sie zu begleiten und zu beraten, doch Jolanda hatte abgelehnt.

»Ich lasse mich lieber von den Verkäuferinnen beraten, die wissen am besten, was man zu welchen Anlässen trägt. Und außerdem kann ich bei dieser Gelegenheit auch gleich wieder ein bisschen Feldforschung über das Verhalten der Menschen betreiben.«

## Monas Aufzeichnungen zur Menschenkleidung

*Die Menschen scheinen viel Zeit mit der Auswahl ihrer Kleidung zu verbringen – insofern sind sie uns Hexen gar nicht so unähnlich. Auffallende Hüte scheinen sie jedoch nicht zu mögen, und sie schätzen es auch nicht, wenn man sie fantasievoll dekoriert. Die Menschen mögen Hüte weniger gerne als Hexen. Wahrscheinlich liegt es daran, dass ihnen die Hüte keine Musik vorspielen, und Menschenhüte haben ja auch keinen stimmungsaufhellenden Einfluss auf ihre Träger wie bei uns Hexen. Ich persönlich glaube, dass Menschen Hüte vielleicht deswegen als störend empfinden, weil sie ständig ihre Handys am Ohr haben. Und die Musik kommt bei ihnen aus kleinen Ohrstöpseln, nicht aus den Hüten … Ein prächtiger Hummer auf dem Hut geht gar nicht – zumindest nach Aussagen eines dreizehnjährigen Menschenmädchens …*

Elena läutete, denn sie hatte ihren Schlüssel vergessen, und Miranda hatte auch keinen dabei. Der Türsummer ertönte. Als die Mädchen die Halle betraten, kam ihnen Mona mit einem Zigarillo entgegen.

»Ihr seid schon wieder da?«, fragte sie, und in ihrer Stimme schwang ein Ton mit, der Elena nicht gefiel. »Habt ihr euch gestritten?«

»Nein, wir haben zusammen ein Eis gegessen und uns unterhalten«, antwortete Miranda. »Dann musste Jana nach Hause, weil sie ausnahmsweise heute am Samstag eine Klavierstunde hat. Und Nele soll ihrer Mutter helfen, ein Picknick vorzubereiten.«

»Wir streiten uns außerdem nicht«, meinte Elena. »Wir sind die allerbesten Freundinnen.«

»Na ja, ich hoffe, ihr seid vorsichtig und verratet ihnen nicht, wer wir sind«, sagte Mona.

Elena spürte einen heißen Stich in der Brust. »Wir sind ja nicht dumm«, erwiderte sie. Dann wechselte sie das riskante Thema.

»Hat Mama gesagt, wann sie zurückkommt?«

»Deine Mutter weiht mich nicht immer in all ihre Pläne ein«, sagte Mona. »Genau, wie ich sie nicht immer in alle Pläne einweihe.«

Damit ging Mona die Marmortreppe hinauf nach oben. Ein Hauch ihres Pfefferminztabaks lag in der Luft. Miranda fächelte mit der Hand, um den Duft zu vertreiben.

»Ich hasse es, wenn deine Oma im Haus raucht!«

»Die ist heute komisch«, sagte Elena. »Irgendwas stimmt nicht, ich spür's.«

»Ach was, du machst dir zu viele Sorgen über das, was du heute Nacht beobachtet hast«, entgegnete Miranda.

Elena seufzte. Sie ging ins Wohnzimmer und gleich zum Terrarium. Doch als sie in den Glaskasten blickte, war der Leguan nirgends zu sehen. Elena stieß einen Schrei aus.

»Papa ist weg!«

Miranda war sofort an ihrer Seite. »Tatsächlich!«

Der Leguan war so groß, dass er sich im Terrarium nicht einfach verstecken konnte.

Weil der Deckel geschlossen war, konnte er auch nicht herausgeklettert sein.

Elenas Mund wurde trocken. Sie konnte es nicht fassen, dass das Terrarium leer war. Zwei Sekunden lang hatte sie die Hoffnung, dass Papa seine wahre Gestalt wiedererlangt hätte und aus dem Terrarium gestiegen war. Doch dann hätte Mona etwas gesagt …

»Oma!« Elena lief in die Halle zurück. »OMA!«

Mona erschien oben im Treppenhaus. »Was schreist du denn so furchtbar? Ich bin ja nicht taub!«

»Was hast du mit Papa gemacht?«

Mona lächelte dünn. »Ich habe ein Schnitzel aus ihm gemacht und ihn an die Katzen verfüttert, die hier dauernd durch den Garten laufen.«

Elena stockte der Atem. Einen Augenblick glaubte sie wirklich, was ihre Großmutter sagte. Doch dann lachte Mona.

»Mach dir keine Sorgen um deinen Vater. Er ist in guten Händen. Man wird ihn vermessen und fotografieren, vielleicht pikst man ihn auch mit ein paar Spritzen … Auf alle Fälle wird er ab sofort in passender Umgebung sein und wir können das dumme Terrarium endlich auf den Müll werfen.«

»Was hast du mit ihm gemacht?«, wiederholte Elena tonlos.

Sie hatte gar nicht gemerkt, dass Miranda neben sie getreten war und ihren Arm ganz fest drückte.

»Ich habe gar nichts gemacht«, sagte Mona. »Vorhin sind zwei Leute vom Zoo gekommen, Professor Strohmann und sein Kollege. Sie wollten sich den Leguan noch einmal ansehen, weil sie vermuten, dass es sich um eine unbekannte *Spezies* handelt. Ich habe gesagt, dass sie ihn mitnehmen können. Sie haben es auch gemacht. Das war alles.«

Elena hatte einen riesigen Kloß im Hals. »Du hast Papa in den Zoo gegeben«, flüsterte sie fassungslos.

»Ja, da gehört er nämlich längst hin! Ich bin froh, dass er aus dem Haus ist!« Damit drehte sich Mona um und verschwand in ihrem Zimmer.

Jana überlegte gerade, wo sie das Fläschchen mit dem Waselnussöl verstecken sollte, als der Anruf kam. Frau Kleist brachte das tragbare Telefon in ihr Zimmer.

»Für dich«, sagte sie. »Es ist Elena.«

Jana griff nach dem Telefon.

»Telefonier aber nicht so lange, du hast gleich Klavierstunde«, sagte Frau Kleist.

Jana nickte nur. Elenas Stimme am anderen Ende der Leitung überschlug sich vor Aufregung.

»Was ist los?«, fragte Jana nach.

Elena erzählte, was passiert war. Dazwischen heulte sie immer wieder. »Was soll ich denn jetzt machen, Jana? Papa kann doch nicht im Zoo bleiben!«

»Wir holen ihn da raus«, sagte Jana sofort. »Ich werde gleich Nele anrufen, dann gehen wir los. Wir treffen uns ... hm ... vor dem Eiscafé, in dem wir vorhin waren. In einer halben Stunde. In Ordnung?«

»Ja«, sagte Elena und legte schluchzend auf.

Erst als das Gespräch zu Ende war, fiel Jana ein, dass sie ja Klavierstunde hatte.

»So ein Mist!« Aber dann musste die Stunde eben ausfallen, egal, was Herr Braun sagen würde. Elenas Vater hatte jetzt Vorrang.

Jana wählte Neles Nummer. Silke war am Apparat und verkündete, dass Nele gerade nicht telefonieren könne.

»Sie schneidet Eier und Paprika.«

»Hol sie sofort ans Telefon, es ist lebenswichtig!«

Silke maulte ein bisschen, aber gleich darauf hörte Jana Neles Stimme.

»Was gibt's?«

»Elenas Vater ist entführt worden, wir müssen in den Zoo«, sagte Jana, weil in diesem Augenblick ihre Mutter ins Zimmer kam. »Kannst du in einer halben Stunde vor dem Eiscafé sein?«

»Aber das Picknick«, sagte Nele.

»Aber deine Klavierstunde«, sagte Frau Kleist im selben Moment.

»In einer halben Stunde«, wiederholte Jana. »Es ist wirklich dringend, Nele!«

»Okay, ich bin da«, sagte Nele und legte auf.

»Du kannst jetzt nicht weg«, zeterte Frau Kleist, als Jana an ihr vorbeiwollte. »Was ist mit deiner Klavierstunde? Das war abgemacht. Was soll Herr Braun von uns denken? Und was war das mit der Entführung?«

Jana entschloss sich, die halbe Wahrheit zu sagen.

»Es geht um Elenas Vater. Ein Notfall! Zwei Männer haben ihn heute Vormittag entführt. Elena ist ganz verzweifelt und weiß nicht, was sie tun soll.«

Frau Kleist wirkte betroffen. »Die Arme! Trotzdem! Das ist ein Fall für die Polizei und nicht für dich und Nele!«

»Aber Elena braucht uns jetzt«, sagte Jana. »Das ist viel wichtiger als meine Klavierstunde.« Sie schnappte sich ihren Rucksack und war schon zur Wohnungstür hinaus, bevor ihre Mutter sie daran hindern konnte.

Aus dem Aufzug stieg gerade Herr Braun aus.

»Hallo, Jana.«

»Hallo, Herr Braun. Meine Mutter erklärt ihnen gleich alles.«

Jana ließ ihren Klavierlehrer stehen und raste die Treppe hinunter in den Keller, holte ihr Fahrrad und radelte in einem Affentempo los. Sie hatte noch keinen blassen Schimmer, wie sie den Leguan aus dem Zoo befreien konnten, aber sie war sicher, dass ihnen noch etwas einfallen würde.

Sie wartete noch keine zwei Minuten vor dem Eiscafé, als Miranda und Elena eintrafen. Elena hatte verweinte Augen. Sie erzählte noch einmal, was passiert war.

»Es waren nur Oma und Rufus zu Hause. Meine Mutter ist beim Einkaufen und Daphne ist auf irgendeiner Fete. Rufus hat oben gespielt und gar nicht mitgekriegt, wie die Männer den Leguan weggebracht haben. Jetzt heult er natürlich wie ein Schlosshund, weil Papa fort ist.«

Jetzt erschien auch Nele. Sie war vom schnellen Radfahren ganz abgehetzt und bekam kaum noch Luft.

»Sorry, dass ihr warten musstet«, keuchte sie. »Aber früher ging's nicht.« Sie ließ sich die Geschichte erzählen.

»Hm«, sagte Nele dann. »Wir brauchen etwas, was die Leute überzeugt, dass dieser Leguan auf gar keinen Fall in einen Zoo gehört. Ein Dokument. Eine Urkunde. So was in der Art.«

Miranda nickte. »Ja, für euch Menschen sind Urkunden ja ungeheuer wichtig.«

Nele sah Elena an. »Könntet ihr so etwas hexen? Eine Urkunde, die total echt aussieht?«

Elena und Miranda wechselten einen Blick.

»Das kriegen wir schon hin, denke ich«, sagte Miranda. »Ich kann sogar ein Wachssiegel zaubern, wenn's nötig ist.«

»Und was soll auf der Urkunde stehen?«, fragte Jana.

Nele legte die Stirn in Falten. »Soll es eine Besitzurkunde sein? Oder besser eine Art Testament?« Plötzlich leuchteten ihre Augen auf. »Ein *Vermächtnis*. Der Leguan war ein Geschenk, er ist euch anvertraut worden, und ihr habt versprochen, dass ihr euch gut um das Tier kümmert, und zwar bis zu seinem Lebensende.«

Elena machte ein gequältes Gesicht.

»Entschuldigung«, sagte Nele. »Das habe ich nicht so gemeint. Bestimmt lebt der Leguan noch sehr lange. Aber was haltet ihr von meiner Idee?«

»Ein *Vermächtnis* ist gut«, meinte Jana. »Das klingt so schön geheimnisvoll.«

»Und es würde sich mit dem decken, was meine Mutter heute Nacht zu dem Professor gesagt hat«, erinnerte sich Elena. »Sie hat behauptet, der Leguan sei ein Geschenk.«

»Na also.« Nele hatte schon ihr Notizbuch gezückt. »Los, wir denken uns einen Text aus.«

Eine Viertelstunde später las Nele den anderen noch einmal vor, was sie sich gemeinsam ausgedacht hatten:

## Vermächtnis

Hiermit vermache ich meinen geliebten Leguan Leon Frau Jolanda Bredov sowie deren Kindern Daphne, Elena und Rufus. Die Familie verpflichtet sich, sich um das Tier zu kümmern und für sein Wohlergehen zu sorgen. Sie wird es bis an sein Lebensende pflegen und niemals in andere Hände geben.

Gezeichnet am 29. März 2005

*Sir Maximilian Geratewohl*
Richter der Grafschaft Eaglewood

Wegen des Namens hatte es einige Diskussionen gegeben. Elena hatte sich an den Richter erinnert, der ihren Vater verurteilt hatte. Nele meinte, »Sir« klinge nach Englisch, deswegen müsste der frühere Besitzer in England leben. Schließlich hatten sie zusammen die Grafschaft *Eaglewood* erfunden.

Nele reichte den Notizzettel an Elena weiter. »Und könnt ihr daraus eine Urkunde machen?«

Miranda sah sich um. Vor dem Eiscafé saßen etliche Leute und genossen die Sonne. »Nicht hier«, sagte Miranda. »Am besten gehen wir in den kleinen Park dort drüben.«

Jana hätte gerne zugesehen, wie Elena und Miranda hexten, aber die beiden Mädchen zogen sich hinter eine Hecke zurück, weil sie ungestört sein wollten.

»Wir müssen uns nämlich sehr konzentrieren«, erklärte Miranda. »Ich bin sicher, dass wir so ein Dokument hinkriegen, aber ich hoffe, dass es auch lange genug hält und nicht zerfällt, bevor es seinen Dienst getan hat.«

Nele und Jana setzten sich auf eine Bank und warteten. Jana schaute immer wieder auf die Uhr. Es kam ihr vor, als brauchten Elena und Miranda ungeheuer lange für ihren Zauber. Schließlich war sie überzeugt, dass sie es überhaupt nicht schaffen würden.

Endlich kamen Elena und Miranda hinter der Hecke hervor. Sie waren völlig verschwitzt und hatten hochrote Köpfe. Aber in den Händen hatten sie eine große Rolle.

»Hier«, sagte Elena erschöpft. »Besser ging's nicht. Das Vermächtnis müsste mindestens bis heute Abend halten.«

Nele und Jana zogen die Rolle vorsichtig auseinander. Der Text sah aus wie eine alte, handgeschriebene Buchseite. Die Unterschrift und das Wachssiegel wirkten sehr echt.

Nele pfiff anerkennend durch die Zähne. »Besser hätte ich es mit dem Computer auch nicht machen können. Und ein Wachssiegel hätte ich gar nicht hingekriegt.«

»Du meinst, der Trick wird funktionieren?«, fragte Elena.

»Ich hoffe es«, sagte Nele. »Also – worauf warten wir noch? Auf zum Zoo!«

Am Eingang des Zoos lösten sie Karten, dann schlug Nele zielstrebig den Weg zum Reptilienhaus ein. Elena folgte ihr mit Miranda und Jana. Sie hatte Herzklopfen vor Angst und Aufregung.

»Und wenn der Leguan gar nicht im Reptilienhaus ist?«,

gab Jana zu bedenken. »Vielleicht wird er ganz woanders untersucht.«

»Wir fragen einfach nach diesem Professor«, meinte Nele. »Der muss ja wissen, wohin man den Leguan gebracht hat.«

»Der Professor heißt Gerhard Strohmann«, sagte Elena.

»Dann ist er der Zoodirektor«, sagte Nele. »Ich weiß sogar, wie er aussieht. Neulich habe ich erst einen Bericht über ihn im Lokalfernsehen gesehen.«

Das Reptilienhaus war gut besucht. Überall standen Leute vor den Glasscheiben und beobachteten Schlangen und Echsen. Besonderer Andrang herrschte am Krokodilteich. Die vier Mädchen warfen nur einen kurzen Blick darauf. Die Krokodile interessierten sie heute nicht, sie suchten ja etwas anderes …

Der Raum, in dem die Leguane untergebracht waren, war fast menschenleer. Elena schaute sich erwartungsvoll um. Ein paar Mal glaubte sie, in den Terrarien ihren Vater zu erkennen, doch dann war es jedes Mal ein fremder Leguan. Elena ging langsam an der Wand entlang. Auch im letzten Glaskäfig hockte ein anderes Tier.

»Papa ist nicht hier«, sagte sie enttäuscht.

In diesem Moment kam ein Pfleger in den Raum. Er trug einen Wassereimer. Nele sprach ihn an.

»Entschuldigung, wissen Sie, wo wir Professor Strohmann finden? Wir hätten gerne mit ihm gesprochen.«

»Weiß nicht, ob er heute überhaupt da ist«, sagte der Pfleger mürrisch. »Außerdem hat er sowieso keine Zeit.«

»Das ist sehr schade, wir sind nämlich von der Schülerzeitung«, sagte Nele mit zuckersüßem Lächeln. »Wir schreiben einen Artikel über den Zoo. Darf ich Sie auch fotografieren?« Sie zückte ihr Handy.

Der Pfleger hielt geschmeichelt still, während Nele ein Bild machte.

Elena spürte einen kurzen, scharfen Schmerz in den Schläfen, als Nele auf den Auslöser drückte. Handys!

»Da kommt der Professor gerade«, sagte der Pfleger, der jetzt viel freundlicher war. »Hallo, Professor Strohmann! Hier sind ein paar junge Damen von der Schülerzeitung!«

Der Professor wandte sich um. Elena erkannte ihn sofort wieder. Am liebsten hätte sie ihn mit einem kräftigen Lichtblitz an die Wand geschleudert, so groß war die Abneigung, die sie fühlte.

»Was kann ich für euch tun?« Strohmann lächelte die Mädchen an.

»Ich bin Nele Hermann«, sagte Nele. »Wir kommen vom *Schülerkurier*. Meine Mutter ist übrigens freie Journalistin und schreibt für große Zeitschriften wie *Geo* und *National Geographic*. Sie haben ihren Namen sicher schon gelesen. – Können wir irgendwo ungestört reden?«

Elena staunte, wie leicht Nele die dicksten Lügen über die Lippen kamen. Doch der Professor schöpfte keinen Verdacht. Er führte die Mädchen in einen Nebenraum.

»Hier. Ich stehe zu eurer Verfügung.« Sein Lächeln wurde noch breiter.

»Wir haben gehört, dass Sie hier im Zoo einen neuen Leguan haben«, sagte Nele. »Er soll einer unbekannten Art angehören, deswegen wollen Sie ihn untersuchen lassen.«

Strohmann war völlig überrascht. »Wie … wie hast du das erfahren? Wir haben doch noch gar keine Pressemitteilung herausgegeben! Niemand weiß das – außer ganz wenigen Leuten!«

»Wir wissen es, weil der Leguan uns gehört«, sagte Elena.

Sie konnte ihre Wut kaum unterdrücken. Miranda trat vor und zog die Rolle auseinander.

»Hier. Das ist die Besitzurkunde«, sagte sie. »Mehr noch. Es ist ein Vermächtnis, und es besagt, dass der Leguan für alle Zeiten bei den Bredovs bleiben muss …«

»Aber ich habe die ausdrückliche Erlaubnis bekommen …« Der Professor holte seine Lesebrille aus dem Jackett und setzte sie auf, um den Text zu studieren.

»Die ausdrückliche Erlaubnis von meiner Oma«, sagte Elena. »Aber meine Oma hat gar nichts zu melden. Der Leguan gehört ihr nicht, also kann sie auch nicht über ihn verfügen.«

»Interessant, interessant …« Der Professor steckte die Brille wieder ein. »Schön, dass ihr euch solche Sorgen um diesen Leguan macht. Aber ich versichere euch, ihm wird nichts geschehen. Er wird es bei uns sehr gut haben. Und hier im Zoo fühlt er sich viel wohler als in eurem kleinen Terrarium …«

Lügner!, dachte Elena. Die Terrarien hier waren auch nicht größer als der Glaskäfig, den sie zu Hause hatten.

»Wir möchten den Leguan wieder mit nach Hause nehmen«, sagte sie mit gepresster Stimme. »Und zwar sofort.«

»Junge Dame, ich verstehe deinen Wunsch, aber es geht nicht«, antwortete der Professor. »Diese neue Art bedeutet einen großen Schritt für die Wissenschaft …«

Elena sah ihm fest in die Augen. Sie waren kalt und blau, und Elena las darin die Entschlossenheit, den Leguan um keinen Preis der Welt wieder herauszugeben.

*Er ist mein Papa*, dachte Elena, während sie langsam den Arm ausstreckte. Sie erinnerte sich, wie der Leguan am Abend zuvor aus Eifersucht gegen die Scheibe gesprungen war – Eifersucht auf den Mann, der jetzt vor Elena stand und den Leguan nicht wieder rausrücken wollte.

»Du tust jetzt, was ich will«, murmelte Elena und konzentrierte ihren Willen auf die Spitze ihres Zeigefingers, der daraufhin furchtbar zu prickeln anfing. Jemanden dazu zu bringen zu gehorchen, war höhere Zauberei – und Elena hatte es nie zuvor versucht. Aber es *musste* klappen! Es war so wichtig …

Miranda streckte ihren Arm ebenfalls aus. »Du tust es!«

Ein kleiner blauer Funke zischte aus ihrem Zeigefinger und flog gegen das Hemd des Professors. Dieser stutzte kurz.

»Aber das ist …« Dann schien er mitten im Satz zu vergessen, was er gerade hatte sagen wollen. Auf seinem Gesicht erschien ein Lächeln.

»Aber natürlich bekommst du deinen Leguan wieder«, sagte Professor Strohmann freundlich. »Wir haben ihn genügend fotografiert. Inzwischen sind wir uns auch nicht mehr sicher, ob es sich tatsächlich um eine neue Art handelt. Wahrscheinlich ist es nur eine regionale Ausprägung des *Iguana iguana* …«

»So, du armer Papa«, flüsterte Elena zärtlich. »Du brauchst keine Angst mehr zu haben. Jetzt bist du wieder zu Hause.«

Sie schloss den Deckel des Terrariums. Der Leguan fiel gleich über die Löwenzahnblätter her, die Miranda ihm aus dem Garten geholt hatte. Auf dem Couchtisch stand noch der große Pappkarton, mit dem die vier Mädchen das Tier transportiert hatten. Der Professor hatte sie freundlicherweise bis vor die Haustür gefahren.

Als er zurückstoßen wollte, war ein kleines rotes Auto in die Einfahrt eingebogen: Jolanda. Sie kam vom Einkaufen zurück und war bester Laune. Doch als sie erfahren hatte, was während ihrer Abwesenheit passiert war, hatte sich ihre Stimmung schlagartig geändert.

Jetzt stritten sie sich noch immer vor dem Haus, und ihre Stimmen waren so laut, dass man sie sogar im Wohnzimmer hören konnte, da die Türen offen standen.

»Ich seh lieber mal nach«, meinte Miranda. »Vielleicht braucht deine Mutter Hilfe.«

»Ich komme mit«, sagte Elena und folgte ihrer Freundin in den Flur. Nele und Jana trotteten hinterher, um nichts zu verpassen.

Der Professor und Jolanda standen neben ihren Autos und brüllten sich an.

»Sie hätten mich vorher wenigstens fragen müssen«, schrie Jolanda.

»Aber Jolanda …« Professor Strohmann versuchte, sie zu beruhigen. »Es ist ja nichts passiert, wir haben nur Fotos gemacht. Und jetzt habe ich ihn doch zurückgebracht! Außerdem hat mir deine Mutter die ausdrückliche Erlaubnis …«

»Ich kann mich nicht erinnern, dass ich Ihnen erlaubt habe, mich zu duzen«, fauchte Jolanda ihn an. »Für Sie bin ich noch immer Frau Bredov! Und wenn Sie nicht gleich verschwinden, dann verwandle ich Sie in einen Blumenkohl, Herr Professor!«

»Haha«, lachte Professor Strohmann pflichtschuldig und steif, »wenigstens haben Sie Ihren Humor noch …«

Jolanda runzelte die Stirn und streckte den Arm aus.

»NICHT!«, schrie Elena.

Jolanda blickte hoch zu ihrer Tochter. Sie ließ den Arm sinken.

»In Ordnung«, murmelte sie. »Du hast recht. Ich werde es nicht tun.« Sie drehte sich zur Seite und fauchte den Professor an: »Verschwinden Sie endlich!«

Der Professor stieg wortlos in sein Auto. Gleich darauf heulte der Motor auf, das Auto fuhr rückwärts, drehte und brauste dann die Straße entlang.

Jolanda holte ihre Einkaufstüten aus dem roten Auto und stieg langsam die Treppe hoch.

»Danke, Elena«, sagte sie. »Ich hätte ihn wirklich in einen Blumenkohl verwandelt.«

Als sie Jana und Nele erblickte, zuckte sie zusammen.

»Keine Sorge«, sagte Miranda. »Die beiden wissen über uns Bescheid, Frau Bredov. Und sie werden uns bestimmt nicht verraten.«

Jana und Nele nickten.

Jolanda lächelte unsicher.

»Ich habe mich wirklich nur mit ihm getroffen wegen des Forschungsprojekts«, sagte Jolanda etwas später, als sie alle im Wohnzimmer saßen. »Das war der einzige Grund, das musst du mir glauben, Elena. Ich liebe keinen Mann außer Leon, großes Hexen-Ehrenwort!«

»Aber du hast ihn geküsst«, sagte Elena. Ihre Stimme klang tonlos, denn in ihrer Kehle saß ein Kloß. »Gestern Abend. Ich hab es gesehen.«

»Meine Güte.« Jolanda holte tief Luft. »Ein Kuss. Vielleicht auch zwei. Na und? Das gehört schließlich auch zu unserem Forschungsprojekt. Ich muss herausfinden, wie

Menschenmänner küssen. Und das geht eben nicht nur in der Theorie.«

»Und wie küssen Menschenmänner?« Elenas Stimme war jetzt noch leiser. Was für eine peinliche Unterhaltung – und das vor ihren Menschenfreundinnen! Was sollten die jetzt von ihnen denken? Sie musste Jana und Nele unbedingt noch die Sache mit dem Forschungsprojekt erklären!

»Leon küsst viel besser«, sagte Jolanda versonnen. »Das ist überhaupt kein Vergleich. Da prickelt alles. Ein Kuss von ihm«, sie verdrehte genießerisch die Augen, »ist wie Champagner.«

Jana entschlüpfte ein leiser Seufzer.

»Und der Kuss gestern Abend?«, fragte Elena.

»Der war eher wie Sauerkrautsaft«, sagte Jolanda. »Wenn alle Menschenmänner so küssen, kann ich auf weitere Erfahrungen gerne verzichten.« Sie stand auf. »Aber jetzt genug davon. Wo ist eigentlich Mona? Mit ihr hab ich noch ein Hühnchen zu rupfen!«

»Ich glaube, sie ist oben und macht ihre Gymnastik«, sagte Elena. »Obwohl es gar nicht die übliche Zeit dafür ist.«

»Vielleicht hat sie ein schlechtes Gewissen«, meinte Miranda.

»Und das zu Recht!«, sagte Jolanda grimmig und ging zur Tür.

»Was ist das für ein geheimnisvolles Forschungsprojekt?«, fragte Nele sofort, als Frau Bredov den Raum verlassen hatte.

»Das Wissen der Hexen über die Menschen ist leider nicht mehr auf dem neuesten Stand«, antwortete Elena. »Ich kann euch nachher unser Standardwerk zeigen: *Vom Umgang mit Menschen*. Es ist schrecklich veraltet. Wir sollen während unseres Aufenthalts unsere Erfahrungen aufschreiben und auswerten.«

»Heißt das …«, Jana warf Nele einen unsicheren Blick zu, »heißt das, dass ihr uns *ausspioniert*?«

»Ausspionieren – Quatsch!«, sagte Miranda. »Wir sollen nur eure Sitten und Gebräuche aufschreiben – wie ihr euch anzieht, was ihr am liebsten esst, wie ihr mit Technik umgeht und so …«

»Und was ist mit den Männern?«, hakte Nele nach.

»Na ja, klar, wir Hexen wollen natürlich auch wissen, wie man bei euch flirtet.« Miranda lachte. »Das gehört schließlich auch dazu.«

»Vielleicht kann ich bei dem Thema ja noch was lernen«, murmelte Jana und wurde knallrot.

»Oje«, stieß Miranda plötzlich aus und griff nach der Rolle, die noch immer auf dem Wohnzimmertisch lag. »Seht euch das an.« Sie hielt die Rolle hoch. Das *Vermächtnis* zerfiel vor ihren Augen in lauter kleine Papierkrümel, die auf den Boden rieselten. »Ich hol besser mal den Staubsauger.«

»Ach was«, sagte Elena. »Das machen wir einfach wie gewohnt.« Sie schnippte mit den Fingern. Die Papierkrümel formten sich zu einem luftigen Ball, der quer durchs Wohnzimmer hüpfte, in die Küche schlüpfte und dann vor dem Schrank liegen blieb. Elena lächelte und bewegte den Zeigefinger. Die Schranktür schwang auf, der Abfalleimer fuhr heraus, klappte auf und die Papierkugel hüpfte hinein. Jana und Nele starrten ihr fasziniert hinterher.

»*Aufräumzauber Stufe 1*«, erklärte Elena. »Das lernt man bei uns schon im Kindergarten.«

# Glossar

### ✶ Amormagie:

Wenn eine Hexe verliebt ist, treten während des Schlafs oft Lichterscheinungen in der Nähe des Betts auf. Manchmal entstehen auch Gestalten und Figuren, die aber in der Regel zerplatzen, wenn jemand sie anspricht.

### ✶ Gedankennotruf:

Verständigung ohne Hilfsmittel – direkt von Gehirn zu Gehirn. Da es sehr unangenehm sein kann, ist diese Art der Verständigung nur in Notfällen erlaubt.

### ✶ Graue Zauberer:

Zauberer, die sich mit Angelegenheiten des Alltags beschäftigen und regelnd darauf einwirken. Sie benutzen nicht nur weiße, sondern auch graue Magie, um Strafen zu verhängen.

### ✶ Großes Zaubereigesetzbuch:

Umfangreiches Gesetzbuch, das genau regelt, wer welche Zaubersprüche im täglichen Umgang anwenden darf.

★ **Grüne Zauberer:**

Zauberer, die im Einklang mit der Natur zaubern und für Harmonie und Ausgewogenheit sorgen.

★ **HEXIL:**

Längerer Aufenthalt in der Menschenwelt, meist zu Forschungszwecken.

★ **Höhere Zauberei:**

Fortgeschrittene Magie, zu der die Erlaubnis erteilt werden muss.

★ **Kommunikationskugel:**

Amulett, mit denen sich die Hexen und Zauberer in der Hexenwelt verständigen.

★ **Landeszauberamt:**

Behörde, die unter anderem Reisen in die Menschenwelt regelt.

* **Metamorphose:**

  Verwandlung in ein Tier (gehört zur höheren Zauberei).

* **Oberamtszaubermeister:**

  Oberster Beamter des Landeszauberamts.

* **Outsider-Hill:**

  Hügelige, sehr schlechte Wohngegend für ausgestoßene und entehrte Zauberer- und Hexenfamilien.

* **Purpur-Bewegung:**

  Zauberrituale, bei denen die Farbe Rot eine wichtige Rolle spielt. Auch Blut wird verwendet.

* **Schabernackzauberer:**

  Umherziehende Spaß-Zauberer, die Taschenspielertricks vorführen.

✶ **Schwarze Zauberkutten:**

Geheimgesellschaft, die schon seit mehr als einem Jahrhundert verboten ist. Ihre Mitglieder beschäftigen sich mit schwarzer Magie und vollziehen verbotene Zauberrituale.

✶ **Transglobal-Kommunikator, kurz Transglobkom genannt:**

Amulett, das die Kommunikation zwischen Hexenwelt und Menschenwelt ermöglicht. Funktioniert im Prinzip wie eine Kommunikationskugel, hat aber größere Reichweite.

✶ **Treuefessel-Zauber:**

Zauber, der dafür sorgt, dass jemand dem Partner absolut treu ist.

# Alle Bände im Überblick:

### Magic Girls, Band 1

## Der verhängnisvolle Fluch

Schwarze Magie ...
und Mitgliedschaft bei den *Schwarzen Zauberkutten* werden in der Hexenwelt streng bestraft. Leon Bredov, Elenas Vater, werden Machenschaften mit den dunklen Zauberern nachgesagt. Das Urteil lautet: Verwandlung in einen Grünen Leguan. Wird er je wieder seine ursprüngliche Gestalt zurückerhalten?

### Magic Girls, Band 2

## Das magische Amulett

Ein dunkles Geheimnis ...
verbirgt sich hinter dem magischen Amulett, das das Hexenmädchen Elena gefunden hat. Aber besitzt es auch genügend Kraft, um Leon Bredov von seiner Tiergestalt, einem Leguan, zu erlösen?

### Magic Girls, Band 3

## Das Rätsel des Dornenbaums

Ein rätselhafter Dornenbaum ...
wächst an dem Platz, an dem sich die *Schwarzen Zauberkutten* versammeln. In ihm versteckt sich der große und gefährliche Schwarzmagier Mafaldus Horus, der die Macht in der Hexenwelt an sich reißen will. Kann Leon Bredov als Agent der Zauberregierung das verhindern?

### Magic Girls, Band 4

## Gefangen in der Unterwelt

Ein böser Fluch ...
des Schwarzmagiers Mafaldus Horus ist daran schuld, dass Elenas Hexenfreundin Miranda plötzlich erkrankt ist. Als Miranda dann von den *Schwarzen Zauberkutten* verschleppt wird, macht sich Elena große Sorgen, dass Mafaldus Horus dahintersteckt.

### Magic Girls, Band 5

## Die große Prüfung

Eine schwierige Prüfung ...
steht den beiden Hexenmädchen Elena und Miranda bevor – das Hexendiplom. Mirandas Zauberkräfte geraten plötzlich außer Kontrolle. Wird es Miranda gelingen, die wichtige Prüfung trotzdem zu bestehen?

### Magic Girls, Band 6

## Späte Rache

Ein brennender Baum ...
ein wütendes Wildschwein, mysteriöse Botschaften – wer steckt dahinter? Die Hexenfamilie Bredov wird bedroht, vor allem aber Mona Bredov. Elena und Miranda versuchen, das Geheimnis zu lüften.

### Magic Girls, Band 7
## In geheimer Mission

Ein magisches Buch ...
ist in die Hände des Schwarzmagiers Mafaldus Horus gelangt. Können die beiden Agenten Leon Bredov und Eusebius Tibus dem bösen Zauberer das mächtige und gefährliche Buch entwenden?

### Magic Girls, Band 8
## Die Macht der Acht

Mysteriöse Ereignisse ...
passieren, als neben den Bredovs ein Mann mit seiner Tochter einzieht. Haben die beiden etwas damit zu tun, dass Jolandas Zauberkräfte schwinden?

### Magic Girls, Band 9
## Der dunkle Verräter

Dunkle Mächte ...
bedrohen die Hexenwelt. Als Miranda in die Dämonenwelt entführt wird, muss Elena mit Hilfe des Geheimdienstes in die unberechenbare Welt dieser dunklen Gestalten eindringen. Können Sie Miranda retten?